Cristiano Zanardi

LA ZAPPA
E LA FORCA

Romanzo

2019

LA ZAPPA E LA FORCA

ll delitto che ha sconvolto l'appennino

25 dicembre

C'è una storia, che si racconta dalle mie parti, che parla di un uomo temuto per la sua arroganza e prepotenza. Un uomo violento, al quale sono spesso associate le peggiori dicerie, uno di quelli che si tiravano in ballo per far star buoni i bambini quando facevano i capricci: in molti, nelle nostre valli, sono cresciuti sotto la costante minaccia del suo intervento.

E' una storia sbiadita, di quelle che raccontavano gli anziani e che oggi sta poco alla volta scomparendo dalla memoria della gente, proprio come quelle di Renèusi e del Brugneto che ho rispolverato nei miei precedenti romanzi.

Ho ripreso in mano poco fa un vecchio documento in cui si ricostruisce questa triste pagina di cronaca e l'ho riletto tutto d'un fiato.

Credo che sarà il compagno delle mie serate per i mesi a venire: mi sta girando per la testa l'idea di provare a trasformarlo in un romanzo capace di ridare voce ad una storia tra le più curiose del nostro appennino.

Non sono così sicuro di trovare la costanza e l'ispirazione per terminare il lavoro entro l'estate, ma è appena la sera di Natale e ho la testa dura.

1
28 maggio

La Piazza Maggiore di Alessandria traboccava di persone. Nonostante fosse da poco passata l'alba, una folla vociante gremiva per intero il quadrilatero, stipata al di là di un robusto cordone di uomini della Guardia Nazionale, allertati pochi giorni prima dal Sindaco, su invito del Procuratore del Re, per garantire l'ordine pubblico in occasione di quell'importante evento. A pochi metri l'uno dall'altro, i soldati si tenevano in contatto guardandosi con la coda dell'occhio, facendo bene attenzione che tutti rimanessero alle loro spalle, senza fare un passo in più di ciò che era loro consentito, sul selciato della piazza.

Il brusio saliva e scendeva di intensità progressivamente, come il ronzio di un moscone che si avvicina e si allontana dalle orecchie: quando il volume aumentava, diventava impossibile distinguere le parole che venivano pronunciate, mentre non appena il livello si abbassava, si potevano indistintamente udire gli insulti che, di tanto in tanto, qualcuno lanciava al vento.

Tra gli occupanti della piazza, si potevano riconoscere persone di qualsiasi provenienza sociale: il popolo, quello più gretto e meschino, ma anche signori, borghesi ed intellettuali. Era l'abbigliamento a rivelarlo, ma non solo: le espressioni scavate, i volti debilitati dalla fatica, la pelle scura spezzata dal sole, le mani callose agitate in aria erano indizi altrettanto rivelatori, anche se meno immediati da scorgere. Quel che era chiaro, è che nessuno fosse lì per caso: chiunque si trovasse in quel luogo, quella mattina, ci era arrivato per placare la propria sete di curiosità e tutto ciò traspariva in maniera inequivocabile dallo sguardo carico di eccitazione che quasi tutti mostravano.

Per alcuni era la prima volta, altri invece non erano nuovi ad appuntamenti del genere. Solo che, negli ultimi anni, simili avvenimenti tendevano ad acquistare sempre più carattere di eccezionalità, tanto che da più parti si vociferava che quella, per gli alessandrini, avrebbe anche potuto essere l'ultima occasione: una specie di evento a cui prendere parte per poterlo poi raccontare ai nipoti. La mobilitazione, tuttavia, non riguardava solo la città perché erano in molti ad essere partiti dai paesi del circondario e dalle valli dell'appennino, sobbarcandosi lunghi giorni di viaggio, pur di essere presenti quel giorno. Erano proprio questi ultimi, i montanari, i più interessati quella mattina: non riuscendo ad arrivare con l'anticipo necessario per essere tra i primi, avevano dovuto accontentarsi di confondersi tra la folla nel centro della piazza ma probabilmente, quella posizione un po' nascosta, da cui potevano osservare senza sentirsi osservati, era proprio quella che faceva al caso loro.

Anche dietro alle finestre dei palazzi signorili che circondavano la piazza, fredde custodi di chissà quali segreti, pareva scorgersi un continuo andirivieni di ombre che divenivano figure dai contorni definiti solo di tanto in tanto, quando osavano affacciarsi in attesa di capire se fosse o meno giunto il momento di aprire la finestra e godersi lo spettacolo senza più filtri o barriere, dal posto privilegiato che avevano la fortuna di occupare, sul comodo e arieggiato balcone. L'attesa, nell'aria, si poteva respirare ed ormai tutto era pressoché pronto.

Il sole si era alzato da poco e già iniziava ad entrare con i suoi raggi tra i caseggiati, nelle vie più larghe: quel maggio del 1864 si avviava verso la conclusione e l'Italia stava per completare il lungo e faticoso processo che l'avrebbe portata a diventare uno Stato. Tuttavia, nonostante la recente proclamazione del Regno d'Italia, l'unificazione non poteva ancora considerarsi completa e solo la terza guerra d'indipendenza, pochi anni dopo, avrebbe consentito di compiere un altro decisivo passo in tal senso. Eppure, in un momento storico caratterizzato da siffatti cambiamenti, sebbene la parola *unità* fosse sulla bocca di tutti, sembrava che ciascun territorio volesse continuare a portarsi dietro le proprie regole ed abitudini, in una sorta di ultimo tentativo di rimanere aggrappati alle proprie radici.

D'un tratto, il brusio cominciò a placarsi e i volti presero a girarsi, uno dopo l'altro, tutti nella stessa direzione, non appena si iniziò a scorgere un crocifisso in legno ricco di inserti dorati, ben sollevato in cielo, avvicinarsi alla piazza disegnando strani riflessi che si rincorrevano sulle facciate dei palazzi circostanti. Comparve, dopo alcuni minuti, un uomo incappucciato e con un lungo saio scuro a sorreggere il Cristo, che raggiunto con passo cadenzato uno dei vertici della piazza, arrestò la propria marcia.

Molte mani si alzarono all'unisono verso la fronte per compiere il segno della croce, mentre la piazza tacque improvvisamente, zittita dal rintocco delle campane della vicina Cattedrale.

2
Mezzanotte

Era da poco passata la mezzanotte e, fuori, le stelle erano disposte con una perfezione disarmante sullo scuro lenzuolo del cielo: sembrava che qualcuno avesse provveduto a posizionarle, una per una, tutte alla medesima distanza e non c'era nemmeno bisogno di immaginarselo che l'indomani sarebbe stata una splendida giornata, tanto era facile capirlo. L'aria era quella morbida di primavera, accompagnata da una leggera brezza che, a quell'ora tarda, metteva ancora un piccolo brivido addosso.

La stanza era illuminata da una luce fioca, anche se un po' di chiarore arrivava dalla finestrella laterale: attorno ad un grosso tavolo di legno, erano riuniti tre uomini e un altro se ne stava in disparte, sul fondo della stanza.

Da un lato del tavolo, un giovane ragazzo imberbe, stretto in un bel giaccotto scuro e con i capelli neri mossi, sedeva accanto ad un uomo sulla sessantina, anch'egli ben vestito e composto sulla seggiola.

Bastava guardarli per capire che mentre quest'ultimo era solito trovarsi in situazioni del genere, per il giovane doveva trattarsi della prima volta perché pareva agitato e non riusciva a stare fermo. Muoveva gli occhi velocemente, come se temesse l'uomo seduto di fronte a loro, il signor Malaspina, un omaccione robusto e dall'aspetto piuttosto trasandato, che pareva però non essere solito a simili livelli di trascuratezza. Aveva gli occhi segnati dalla stanchezza e dalle preoccupazioni, la barba di diversi giorni ma indossava una bella carmagnola di velluto scuro e portava in capo un elegante cappello nero di feltro.

Sul fondo della stanza, l'altro uomo, secco e dai capelli radi, passeggiava avanti e indietro con le mani nelle tasche.

– Voglio raccontarvi tutto quello che è accaduto, senza alcun segreto.

– Siamo qui per ascoltarvi, signor Malaspina. Ci fa estremamente piacere non essere costretti ad estorcere alcunché: sapere che le vostre parole arrivano direttamente dal cuore ci tranquillizza e, in un certo senso, ci avvicina tutti di più al Padre – disse l'uomo più anziano, che tra i tre pareva quello più avvezzo a condurre simili discussioni, lisciandosi i lunghi baffi con l'indice e il pollice della mano destra.

– E' una mia libera scelta, voglio essere franco con voi. Dovete credermi, in fondo sono un uomo semplice, devoto al Signore e di sani principi. In tutta la mia vita non sono mai venuto meno a queste regole, prima di tutto per essere a posto con la mia coscienza.

– Tutto questo non può che farvi onore. Portate un cognome importante, signor Malaspina, anche se non di queste parti. Raccontateci, da dove venite?

– Sono nato in mezzo alle montagne. Classe 1815! – disse gonfiando il petto.

– In mezzo alle montagne? E dove? Non ne abbiamo molte, qui negli immediati dintorni di Alessandria. Eppure non si direbbe che venite da lontano, la vostra parlata ha una cadenza piuttosto familiare…

– Io dico che potremmo capirci anche in dialetto. Lo parlate il dialetto? *Al dialet ad Vörs!*

Gli uomini nella stanza si guardarono

velocemente, senza riuscire a nascondere un'espressione di stupore.

– Varzi! Non ditemi che non sapete dove si trova! – ribadì il Malaspina.

– Varzi, Varzi… questo nome non mi è nuovo, ne ho già sentito parlare – fece l'uomo – ma mentirei se vi dicessi che conosco esattamente la sua collocazione. E allora raccontateci un po' di Varzi, ci interessa.

– Varzi è un paesone che si trova nella valle del fiume Stàffora. Nelle vicinanze di Bobbio, per intenderci: difatti, è proprio da Bobbio che Varzi dipende.

– Intendete dal punto di vista dell'amministrazione?

– Certo, Varzi dipende dal Circondario di Bobbio, anche se non si trova molto distante dal confine con il Circondario di Tortona. Sapete, per raggiungere Bobbio, bisogna svalicare il Monte Pénice, un'impresa non da poco per chi non può contare su altri mezzi oltre alle proprie gambe.

– E cosa succede a Varzi? – incalzò l'uomo, mettendosi comodo su una sedia quasi a lasciare intendere di avere tutto il tempo di questo mondo per ascoltare la risposta.

– Che volete che succeda, è un paese di campagna, abitato per la maggior parte da contadini, allevatori, braccianti agricoli, mercanti. L'unico momento di festa, quello in cui si vede arrivare un po' di gente diversa, è la fiera di San Giorgio! I miei genitori erano contadini, vivevano nei dintorni di Varzi, in un piccolo villaggio sulla via del Pénice dove avevano alcune proprietà ma se avessi dovuto farmi bastare quelle, per vivere, non avrei di certo fatto molta strada. Mio padre si sarà dannato l'anima, ma si è anche mangiato il fatto suo facendosi raggirare da tanti piccoli personaggi senza scrupoli!

– Voi però non siete un contadino.

– Ah l'ho capito subito che non ne valeva la pena! Sono scappato quando ero poco più che un ragazzo, e sono sceso verso il fondovalle in cerca di fortuna.

– Scelta coraggiosa…

– Mi sono dato da fare – disse il Malaspina guardando fisso negli occhi l'uomo che sedeva davanti a lui. – Ho fatto di tutto, dove ce n'era bisogno, senza formalizzarmi troppo.

Ho girato tanti paesi, giù nella bassa, prima di fermarmi a Casei Gerola, dove ho iniziato a lavorare in una stalla, poi sono finito a fare il macellaio. Ammazzare le bestie è stata una sofferenza, per uno come me che non farebbe del male a una mosca, ma quando non ci sono alternative non si può stare tanto a fare gli schizzinosi. Adesso, dopo tutti questi anni, quando c'è da squartare un capretto chiamano me perché sanno che il lavoro lo so fare bene, non ho mica disimparato – disse muovendo le mani nell'aria, come a mostrare di non aver dimenticato l'esatta sequenza di movimenti necessari ad uccidere l'animale.

– Ho fatto anche il carrettiere per un po' di tempo, prima di diventare garzone in un'osteria, arrivando dopo qualche anno a rilevarla con i pochi risparmi che avevo messo da parte. Non mi posso lamentare, di clienti ne giravano parecchi e affari se ne facevano, specie nei giorni di mercato e nelle feste.

– Non deve essere stato semplice, partire dalla montagna e costruirsi una vita altrove.

– Per niente, ve lo posso garantire. Ho dovuto diventare anch'io un lupo, per non farmi mangiare vivo. Forse in pianura pensavano che fosse arrivato un altro montanaro da spennare, ma non sapevano mica di non avere a che fare con uno stupido! – disse l'uomo togliendosi il cappello e appoggiandolo sul tavolo, rivelando una folta chioma scura che iniziava ad ingrigire.

– Devo ringraziare la pianura perché è lì che ho trovato l'amore: io e Caterina ci siamo conosciuti a Casei, nell'osteria dove io lavoravo come garzone e lei dava una mano in cucina. Ho voluto a tutti i costi che restasse quando ho rilevato il locale e dopo pochi giorni le ho chiesto di sposarmi: era bellissima, due occhi così non li ho mai più incontrati, in tutti questi anni. E poi, una grande lavoratrice! Dalla nostra unione sono nati due figli, Angelo e Filomena, diciannove anni il primo e diciotto la seconda: due ragazzi d'oro, in tutto e per tutto simili ai loro genitori!

– Continuate pure, vi ascoltiamo volentieri: è bello sentirvi così sincero e disposto ad aprirvi di fronte a tre sconosciuti quali, di fatto, siamo noi.

– Che altro posso dirvi, gli affari a Casei andavano piuttosto bene ma dopo diciotto, e dico diciotto, anni sono stato costretto ad andarmene dalla cattiveria della gente, che ha gettato fango addosso alla mia famiglia solo per invidia, per gelosia. Così ci siamo trasferiti tutti quanti sempre in pianura, a Castelnuovo Scrivia, non distante da Casei Gerola, dove abbiamo rilevato una nuova osteria e dove siamo rimasti per tre anni.

– Poi il ritorno a casa, come mai se posso permettermi? – domandò l'uomo dinnanzi a lui.

– Era scritto nel destino che prima o poi sarei tornato – continuò il Malaspina. – Lo voleva Dio – aggiunse con poca convinzione, rimarcando con un gesto della mano ad indicare il cielo. – A lungo andare le persone di pianura sono riuscite a mostrarmi tutto l'astio e tutta l'invidia che popolavano il loro animo e mi hanno convinto a tornarmene da dove ero partito, tanti anni prima.

– Anche a Castelnuovo quindi avete avuto problemi?

– Discussioni, questioni di poco conto. Sciocchezze.

– Se erano sciocchezze, non sarebbe stato più saggio passarci sopra e perdonare? Il perdono è il dono più grande per un cristiano quale voi vi professate.

– Non potevo più tollerare tutte quelle cattiverie, – lo interruppe il Malaspina facendosi improvvisamente deciso e troncando sul nascere ogni possibilità di replica.

– E così siete tornato a casa vostra, a Varzi – riprese l'interlocutore, riportando la conversazione su binari più tranquilli.

– Sì, saranno tre anni o poco più. Sentivo che ormai si era fatto il momento giusto per tornare: me ne sono andato quando ero un giovincello, sono ritornato oggi da uomo fatto e finito, assieme a mia moglie Caterina e ai miei figli. La gente avrebbe dovuto imparare, da uno come me, come si fa a stare al mondo! Una sola cosa ci tengo a precisare, se me lo consentite: guardate che dal giorno in cui sono tornato non ho mai avuto problemi con nessuno, a testimonianza che la mia bontà d'animo è stata riconosciuta dai miei fratelli paesani. Io non ho mai fatto male a una mosca!

Nella penombra della stanza, i suoi interlocutori, seduti su traballanti sedie, si scambiarono rapidamente uno sguardo attraverso il quale il ragazzo più giovane sembrava voler domandare all'altro se fosse normale che un uomo nelle condizioni del Malaspina proferisse quelle parole. Più lontano, il loro collega continuava a camminare guardando altrove, senza quasi dare l'idea di ascoltare la conversazione.

– Allora, signor Malaspina, noi non siamo qui per costringervi a parlare. Non saremo nemmeno rigidi come i nostri statuti, a volte, ci impongono per cui, visto che vi siete fin dall'inizio dichiarato disponibile a collaborare, questa notte avrete facoltà di chiederci tutto ciò che desiderate. Sarà nostro compito quello di fare tutto il possibile per accontentarvi, siamo qui a vostra completa disposizione affinché il vostro animo possa liberarsi del grande peso che si porta dentro. Per le prossime ore, considerateci vostri umili servitori. Intesi?

– Hmm… – bofonchiò con poca convinzione l'uomo. – Posso già approfittare dei vostri servigi? Berrei volentieri un bicchiere d'acqua, se possibile.

– Acqua? – intervenne il più anziano dei due.

Il Malaspina finse sorpresa, assumendo un'aria da santerellino. – Ma certo, per chi mi avete preso? Vi sembro forse un ubriacone?

I due interlocutori tornarono a scambiarsi un'occhiata fugace, tradendo un abbozzo di sorriso sulle labbra. Dal buio si fece avanti l'altro uomo, al quale non sarebbe stato semplice assegnare un'età, che si avvicinò porgendo un bicchiere colmo d'acqua fino all'orlo.

– Oh, grazie! – finse stupore il Malaspina.

– Figuratevi – sussurrò l'uomo voltandosi di spalle e tornando con passo stanco verso l'oscurità da cui era sopraggiunto.

3

La zappa

Giravano le valli dell'appennino, in quegli anni, diversi sbandati sfuggiti alla giustizia, che dopo aver commesso qualche furtarello, qualche rapina o, nei casi più gravi, qualche omicidio facevano perdere le proprie tracce fuggendo per le campagne e conducendo una vita nomade che li portava a fermarsi, solo per poco tempo, nei luoghi dove ottenevano ospitalità, in modo da non lasciare tracce che potessero compromettere la loro latitanza. Erano uomini senza scrupoli, capaci di qualunque gesto e per ciò temuti da tutti: vivevano di espedienti e bisognava avere una sola fortuna, quella di non incontrarli sulla propria strada, o di non sentirli bussare alla propria porta.

L'alta val Curone, isolata terra di montagna tra le valli di Tortona e Bobbio, era una méta prediletta per questi banditi, che nei fitti boschi di faggio che ricoprivano i versanti delle montagne avevano la possibilità di muoversi in lungo e in largo mantenendosi lontani dallo spettro di qualsiasi condanna, compresa quella alla forca, che avrebbe potuto colpire molti di loro. I sindaci ben lo sapevano e non facevano che rimarcarlo ad ogni occasione utile alle autorità competenti, che però sembravano non avere orecchie per ascoltare le loro lamentele, né tanto meno per porvi rimedio.

La giustizia, in questi luoghi, era un concetto molto vago: solo pochi carabinieri avevano il compito di garantire l'ordine pubblico in un lembo estremamente ampio di terra, impossibile da tenere interamente sotto controllo e questo i fuggitivi lo sapevano bene. Per questo motivo, alcuni di loro, avevano addirittura abbandonato il loro spirito itinerante per fermarsi a lungo in queste valli, convinti di non dover temere alcunché. Era tuttavia difficile che raggiungessero i centri abitati più grandi, perché preferivano mantenersi nelle zone più impervie o comunque di più difficile accesso, come i piccoli villaggi che si trovavano sulle dorsali dell'appennino o i casolari isolati lungo le pendici delle montagne: solo di rado capitava che si spingessero nei paesi, al massimo qualche sera per far bisboccia nelle osterie, quando gli affari erano andati particolarmente bene e valeva la pena spendere quel poco che erano riusciti a racimolare dal malcapitato di turno.

Uno di questi poco di buono, tale Pietro Rivabella, dopo aver girovagato a lungo per la pianura garantendosi ospitalità nei luoghi più nascosti, si era via via allontanato verso i crinali d'appennino, risalendo il corso del torrente Curone, vallata di cui un amico con cui si era confidato gli aveva detto un gran bene, nel senso di una zona in cui farla franca sarebbe stato piuttosto semplice.

Aveva circa quarant'anni, una folta barba rossiccia e veniva da Sale, località del tortonese da cui era stato costretto a fuggire dopo aver inferto, nel corso di una rissa, una coltellata ad un suo contendente, uccidendolo. Al termine di numerose tappe di cammino, era giunto infine, nei primi mesi del 1863, sul crinale che sovrasta il paese di Gremiasco, affacciato, nel suo versante più settentrionale, sulla valle segnata dallo scorrere del fiume Stàffora, sul confine con la val Curone. Stanco dal lungo cammino affrontato nelle giornate precedenti, dopo aver passato qualche notte all'addiaccio, gli era parso finalmente d'aver trovato un luogo sicuro ove ottenere ospitalità.

Lungo questa dorsale, leggermente spostato sul lato della val Curone si trovava infatti un cascinale isolato, che sorgeva circa a metà strada – non più di una decina di minuti di cammino – dalle due frazioni più vicine, Dego e Castagnola, composto da un paio di costruzioni, circondate da terreni coltivati strappati al bosco e utili al sostentamento delle famiglie che vi abitavano. Il cascinale, noto con il nome di Cà di Monte, si trovava alle pendici del Poggio di Dego, nei pressi di una zona, quella di Nivione, contraddistinta dalla massiccia presenza di formazioni calanchive, che ricoprivano i versanti delle montagne rendendoli così caratteristici e unici, con quelle pareti grigie che li facevano assomigliare a enormi mucchi di sabbia.

Lo sbandato viaggiava a piedi, con un sacco sulla spalla sinistra che conteneva le sue poche cose e, ben nascosto in tasca, un coltellaccio vecchio e arrugginito. Lungo il tragitto aveva rinvenuto, in una capanna dove aveva passato la notte, una zappa, che aveva portato con sé per fingersi un bracciante in cerca di lavoro nei campi. Si avvicinò all'ingresso, cercando di assicurarsi che nelle vicinanze non ci fosse nessuno, quindi alzò con il braccio destro la zappa, girandola al contrario ed utilizzandone il manico per battere alla porta con insistenza. Nessuno si fece avanti.

Si voltò di spalle per vedere che nessuno stesse sopraggiungendo lungo la strada lastricata, prima di tornare di lì a poco a ripetere il medesimo gesto, questa volta con maggiore convinzione.

La porta cigolante lentamente si aprì verso l'interno e un'anziana signora con il fazzoletto in testa, sporgendosi al di fuori, osservò con occhio attento il malcapitato di turno.

– Buongiorno, posso aiutarvi in qualche modo?

Il Rivabella alzò il cappello in segno di saluto, lasciando intravedere una rada chioma rossastra. Lo riappoggiò velocemente sul capo, rivolgendosi alla donna con tono compassionevole.

– Buondì signora, non spaventatevi per questa mia visita inattesa. Sono un viandante fuggito dalla pianura per sfamare la mia famiglia, dopo giorni di cammino mi imbattuto in questo cascinale e ho subito capito che doveva trattarsi di una benedizione del Signore! Sapeste il freddo, la fatica e la solitudine di questo mio girovagare per i boschi in cerca di qualche cristiano ben disposto ad accogliermi...

La donna serrò la bocca in un'espressione divisa tra diffidenza e commozione e con due brevi passetti si portò sull'uscio, incrociando le braccia sul seno. La porta, apertasi del tutto, lasciò intravedere alle sue spalle due giovani – un uomo e una donna – quest'ultima con un bimbo in braccio.

– Sono anni difficili per tutti, noi per primi. Ma vedete, mi hanno insegnato che una scodella di brodo non si nega a nessuno e quindi troverò il modo di concedervi ospitalità, fosse solo per una o due notti. Vi prego però di capire anche la nostra situazione – e indicò con la mano la piccola creatura in braccio alla giovane – che non è delle più semplici, soprattutto in questo momento. A noi servono calma e tranquillità, non di certo gente che gira per casa facendoci stare più stretti di quello che già siamo.

– Che Dio vi benedica signora! Ma guardate che io sono disposto anche a lavorare, non voglio essere qui per privarvi del vostro pane! Qualsiasi cosa vi serva, io la so fare o posso imparare a farla!

– Non si tratta di imparare – intervenne il ragazzo alle spalle della donna, che fino a quel momento era rimasto ad ascoltare – è che i soldi non nascono sugli alberi. Qui ci sono già io che lavoro, sì che ho il mio bel da fare ma non possiamo permetterci di pagare della gente che venga a fare, magari male per giunta, il lavoro che posso fare io da solo.

Il ragazzo si alzò dalla sedia e si fece sull'uscio di casa, scrutando dalla testa ai piedi il Rivabella.

– Voi non mi sembrate un gran lavoratore. Uno che si presenta alla porta della mia cascina con un sacco e una zappa mi sembra più uno di quei mezzi sbandati che girano questi monti per scappare dalla forca!

L'anziana appoggiò una mano sul petto

del figlio, allontanandolo verso l'interno della casa. – Oh Giuseppe piantala lì! Non lo state a sentire, mio figlio è sempre sospettoso verso tutti ma poi è un pezzo di pane. Io non posso rispedirvi da dove siete venuto, ho una pentola col brodo ancora sulla stufa e se può farvi piacere, una scodella ve la verso così vi sedete e vi scaldate un momento. Per la notte posso aggiustarvi un pagliericcio nella stalla e almeno farvi dormire al caldo, poi da domani gli accordi li prenderete con mio figlio: vedrete che dopo una bella dormita sarà un'altra persona e ci ragionerete meglio.

Il Rivabella, schermendosi, si avvicinò all'uscio e lasciò cadere la zappa e il sacco che portava sulle spalle per stringere le mani della donna. – Non posso che ringraziarvi per l'aiuto che mi state concedendo, sono commosso!

La donna tagliò corto. – Venite, lasciate le vostre cose qui fuori e sedetevi lì, vicino alla finestra. Vi allungo due mestolate di brodo, sentite che buono! E' povero, ma saporito. Dovete aver pazienza ma ultimamente abbiamo avuto un po' di problemi e con tutti i pensieri che avevamo per la testa, non abbiamo nemmeno più

pensato ad ammazzare le galline per farci un po'
di brodo come si deve...

L'uomo accolse l'invito della vecchia,
prendendo il suo posto sulla robusta tavola di
legno e in men che non si dica, si ritrovò con la
testa china su una grossa scodella fumante.

– Mio figlio Giuseppe è un po' nervoso
negli ultimi tempi, ma d'altra parte lo vedete
anche voi che è da poco diventato padre! E voi,
ditemi un po', dove avete lasciato la vostra
famiglia?

Il bandito imboccò un bel cucchiaio di
brodo, in modo da avere qualche attimo in più
per pensare alla risposta da fornire alla donna.
Dopo averlo assaporato, si versò due dita di vino
e rimase a fissare il muro dinnanzi a sé.

– Vedete, io vengo dalla pianura del
tortonese, da un piccolo paese che sicuramente
non conoscerete perché non lo nomina mai
nessuno. Non si può neanche chiamare paese...
sono due o tre cascine attaccate. E' lì che ho
lasciato mia moglie con il mio piccolo... Carlo.
Non lo vedo da mesi, pensate che nemmeno
ricordo il suo aspetto! – disse prima di mettersi
le mani sul volto fingendo emozione.

Giuseppe, seduto accanto alla moglie, guardava l'uomo con diffidenza assottigliando gli occhi come per osservarlo più a fondo: c'era qualcosa di lui che non lo convinceva, anche se non avrebbe saputo dire che cosa. Era già capitato che viandanti di passaggio chiedessero ospitalità bussando alla sua porta e nonostante la tendenza della madre a non dire mai di no, spesso bastavano pochi gesti per capire chi si aveva di fronte: era giovane e robusto, avrebbe impiegato pochi istanti a mettere in fuga qualche malintenzionato, purché non fosse armato, chiaramente. Ma ora, la madre anziana e la moglie con il bimbo da svezzare sembravano imporgli un maggiore senso di responsabilità nei loro confronti e, di conseguenza, una maggiore attenzione ai propri gesti. Decise così che si sarebbe preso qualche giorno per non arrivare a delle conclusioni affrettate.

Sul far della sera, Rivabella venne accompagnato nella stalla della famiglia, dove l'anziana donna, Teresa Botti vedova Tamburelli, aveva dato istruzioni al figlio Giuseppe affinché preparasse un giaciglio improvvisato dove fargli trascorrere la notte. La mattina seguente, al canto del gallo, il bandito si fece trovare già in piedi pronto per aiutare la famiglia nel lavoro dei campi, con la sua inseparabile zappa in spalla. Giuseppe, quasi sorpreso dalla buona volontà dell'ospite, decise di concedergli un'occasione e lo portò con sé in un terreno tra i più distanti dalla cascina, che doveva finire di sistemare per poi, in primavera, piantarci le patate.

– La paga è presto fatta: vi concedo una settimana di prova, se in questi giorni dimostrerete di essere un buon lavoratore e non mi creerete dei problemi, potrete rimanere qui per un mese in cambio del vitto e dell'alloggio. Dopo di che, se tutto andrà bene, ci siederemo attorno ad un tavolo e ridiscuteremo le condizioni.

Rivabella, non potendo far altro che accettare, visto che lo scambio gli sembrava più che conveniente, decise di rimboccarsi le maniche e provare a fare quello che mai aveva fatto in vita propria, cioè lavorare. Iniziò a seguire Giuseppe nei suoi lavori nei campi: era stato un inverno piuttosto mite, quello, e nonostante nei terreni non si potesse ancora metter mano, si potevano però sistemare almeno i recinti, le palizzate e tagliare un po' di spine; insomma, cose da imparare ce n'erano parecchie, per uno come lui che veniva da una famiglia di agricoltori ma mai aveva preso in mano una zappa, se non per bussare alla porta del cascinale fingendosi un bracciante. E dire che il suo aiuto, alla propria famiglia sarebbe anche servito, se solo non si fosse perso tra le bottiglie e le partite a carte all'osteria, finendo per diventare un povero buono a nulla.

Non era particolarmente sveglio, tanto meno intelligente e tutto questo appariva evidente dal suo modo di approcciarsi al lavoro: aveva però, dalla sua, una notevole forza fisica che gli permetteva di resistere ore ed ore senza mai stancarsi. Così, nonostante il suo non fosse un lavoro di qualità eccelsa, l'aiuto che seppe dare a Giuseppe nello sbrigare le faccende agricole si rivelò comunque importante da un punto di vista quantitativo.

– Due braccia in più si fan sentire – diceva sempre Giuseppe.

Contestualmente, e proprio da pochi mesi, la famiglia Tamburelli si era venuta a trovare nella necessità di ottenere, piuttosto in fretta, un aiuto per portare avanti i lavori a causa della partenza per il militare del figlio minore e, per questo, dell'apporto lavorativo del Rivabella sembrò non potersi più fare a meno. Anzi, sembrò quasi una manna dal cielo. Fu anche per questo che i Tamburelli non si formalizzarono troppo sulla bontà del lavoro svolto e lo sbandato superò, senza troppi problemi, il periodo di prova concordato, divenendo a tutti gli effetti – anche se provvisoriamente per un solo mese – un abitante del cascinale di Cà di Monte, dove avrebbe continuato ad occupare la stalla come ospite.

Giuseppe, a casa, quando ne parlava con la madre e la moglie, lo definiva scherzosamente *il mulo*. – E' ignorante come una scarpa, fa le cose senza capire perché le fa, ma quando abbassa la testa ci dà dentro che non lo fermi più, è una bestia da lavoro!

Quando furono terminate le ultime operazioni che si potevano compiere nella brutta stagione, l'opera del Rivabella venne dirottata alla stalla, dove ricevette l'incarico di occuparsi del bestiame: era inverno e gli animali non uscivano per pascolare, così le sue giornate trascorrevano pressoché interamente in quella che, a tutti gli effetti, era diventata la sua casa. Stalla dalla quale, con la scusa di ricavare un po' di spazio per il Rivabella, Giuseppe e sua madre avevano spostato due bei manzi da allevamento, trasferendoli a Dego da alcuni conoscenti, per paura che l'ospite potesse pensare di appropriarsene, visto che sebbene lavorasse e cercasse di darsi da fare, la fiducia nei suoi confronti non era di certo incondizionata e quelle erano le migliori bestie delle quali la famiglia disponeva, che avrebbero permesso di guadagnare due soldi nel caso fossero state vendute.

Mancava poco alla fine del primo mese e a breve sarebbe venuto il momento di sedersi attorno a un tavolo per discutere con Giuseppe delle condizioni per rimanere in qualità di bracciante agricolo. Era sua intenzione quella di strappare per lo meno una minima paga, che gli sarebbe servita più che altro per procurarsi del vino, visto che per il cibo provvedeva spesso l'anziana vedova Tamburelli, che ormai lo trattava alla stregua del figlio che il servizio militare le aveva rubato: motivi per lamentarsi, d'altra parte non ce n'erano perché il suo comportamento era stato pressoché irreprensibile, fino a quel momento.

Tra sé e sé, in quelle lunghe notti sulla paglia cullato dal calore degli animali, si era più di una volta domandato se valesse la pena usare la violenza o se fosse invece più conveniente continuare a fingersi un bracciante, in modo da non destare sospetto alcuno. Chissà, se era vero quello che si diceva, avrebbe anche potuto restare per sempre in mezzo a quei boschi, trovare moglie e vivere sereno il resto dei propri giorni, senza più dover pensare alla forca se non come ad una minaccia ormai lontana.

Tuttavia, trovare l'accordo non fu affatto semplice. Nonostante Giuseppe non potesse nascondere l'importante aiuto ricevuto dal Rivabella, non aveva affatto intenzione di garantirgli una paga; anzi, quando si trovarono a discuterne gli disse che per i mesi a venire non avrebbe probabilmente avuto bisogno del suo aiuto.

– Nei prossimi mesi ci sarà da seminare e da star dietro a tutta una serie di lavori che voi non siete capace a svolgere. Se vorrete restare qui, potrò giusto lasciarvi la stalla per tornarci a dormire la notte, ma se trovate un altro posto, è una soluzione migliore per tutti.

Lo sbandato, giunto a questo punto, era ormai convinto di essersi meritato il lavoro e non aveva contemplato l'insorgere di ulteriori imprevisti: lasciò così che l'ira prendesse il sopravvento e senza pensarci due volte, tirò fuori dalla tasca un coltellaccio da cucina con la lama ancora macchiata di sangue, puntandolo dritto verso il volto di Giuseppe, che indietreggiò fino al muro della stalla. Glielo appoggiò sulla gola e il ragazzo riconobbe, senza bisogno di ulteriori domande, il freddo gelido della lama a contatto con la sua pelle, provando un'inedita sensazione di morte.

– Mettiamo bene in chiaro una cosa – disse il Rivabella, in apparenza calmo. – Da oggi le regole le faccio io: la vostra famiglia mi fornirà vitto e alloggio quando lo deciderò. Ditelo alla vecchia e all'altra donna, che non si facciano venire in mente di aprir bocca con qualcuno di poco conveniente: voi non mi conoscete. Se vi domandano di me, non mi avete mai visto, né ho mai occupato la vostra stalla. La guerra l'avete voluta voi: ricordatevi che conosco molti segreti della vostra famiglia e posso trascinarvi all'inferno con me.

Giuseppe, inerme, abbassò lo sguardo mentre le prime gocce di sudore gli solcavano la fronte; deglutì e fece cenno di sì con il capo, allorché il bandito tirò lentamente verso di sé il coltello, riponendolo nella tasca dalla quale l'aveva estratto poco prima, svelandosi per ciò che era realmente.

Era chiaro che ormai, tra i due, la fiducia – o forse il reciproco rispetto, visto che di fiducia non ce n'era mai stata troppa – si era incrinata e i Tamburelli ora si sentivano sotto scacco perché temevano ritorsioni da quell'uomo. Sapevano di tenersi in casa un criminale e sospettavano che sarebbe bastato poco per scatenare la sua violenza, ora che si era tolto la maschera dietro alla quale aveva usato nascondersi fino a quel momento. Fu questo il motivo per cui i rapporti con il Rivabella finirono per ridursi ai minimi termini: il bandito prese a spostarsi lungo i crinali d'appennino sempre con maggiore frequenza, pur tornando però molto spesso a dormire nella stalla dei Tamburelli, dai quali continuava ad esser tollerato pur non lavorando più, di fatto, per loro.

Giuseppe, saggiamente, preferì non raccontare proprio tutto ciò che era accaduto alle due donne di casa, la vedova Tamburelli e la moglie Teresa Fassini. Si limitò a spiegare loro che l'ospite della stalla non sarebbe stato in grado di svolgere i lavori che di lì a poco si sarebbero resi necessari: per questo, iniziò a guardarsi attorno rivolgendosi ad altri braccianti della zona, preallertandoli per i futuri lavori di semina. Si accordò, con l'aiuto della moglie, con un contadino cinquantenne originario della vicina frazione di Caposelva, Domenico Bertella, detto *Il Merlo*, con il quale aveva raggiunto l'intesa di incontrarsi a Cà di Monte, sul far del giorno, verso la fine del mese di marzo, il periodo migliore per seminare le patate.

4

Rivabella

– Allora, non trovate che sia giunto il momento di entrare un po' più nel dettaglio? Che volete dirci di Cà di Monte? Parlateci della famiglia Tamburelli, forza.

Dopo aver tirato una sorsata d'acqua, il Malaspina poggiò sul tavolo il bicchiere senza fare rumore, tornando a fissare i propri interlocutori con espressione fattasi nel frattempo grave. D'un tratto scrollò le spalle e prese a parlare.

– Che posso dirvi, gente perbene, a detta di tutti. Non ci ho mai avuto a che fare personalmente, devo avere incrociato qualche volta il vecchio, che conoscevo di nome come si può conoscere qualcuno che sai che vive dalle tue parti. Niente di più... non sono mai stati miei clienti, ma di certo non gliene posso fare una colpa. Avevano da lavorare, dovevano ammucchiare i soldi, non avevano tempo per venire a *gadanare* all'osteria con tutta la gentaglia di Varzi. Poi insomma, avevano i loro problemi...

– E la signora Teresa Botti?

– Teresa Botti vedova Tamburelli... – disse il Malaspina rigirandosi tra le mani il bicchiere vuoto – ...la vedova Tamburelli non è un personaggio facile da inquadrare. Così, su due piedi, potrei dire che era una donna un po' sempliciotta...

– In che senso sempliciotta?

– Mah, nel senso che non spiccava per intelligenza, ecco. Brava donna, intendiamoci. Religiosa, onesta, lavoratrice... le volevano tutti bene, ma aveva due grossi difetti: lo dicevano tutti, lo raccontavano al mercato, in osteria, dappertutto. Come prima cosa, aveva il vizio di aprire la porta a chiunque. Ora, spiegatemi, se non hai dei problemi te li vai a cercare comportandoti così!

– Ma che vuol dire, magari era semplicemente una donna dal cuore grande!

– Ma siamo seri, forza! Non credo ci sia in premio il paradiso per il solo fatto di dare un riparo per la notte a chiunque venga a bussare alla porta di casa vostra!

– Signor Malaspina voi vi smentite un po' troppo di frequente, vi professate un cristiano esemplare per poi lasciarvi andare ad affermazioni del genere. Non pensate di avere un po' di confusione in testa?

– Assolutamente no! Io sono coerente – disse con tono deciso battendo il pugno sul tavolo.

– L'ospitalità, signor Malaspina. Dare un tetto sotto cui dormire a chi non ce l'ha, un riparo a chi ha freddo, una scodella di brodo a chi ha fame. La carità. Sono le basi – disse allargando le braccia il più anziano dei due interlocutori seduti al tavolo.

– Non ai banditi! Quel Rivabella era un bandito!

– Come fate ad esserne così certo? Lo conoscevate personalmente?

– Ne ho sentito parlare tante volte, quando vivevo in pianura. Dove c'erano disordini c'era lui; dove c'erano baruffe, c'era lui. Sembrava che lo sentisse a pelle, che da qualche parte c'era da menar le mani ed era sempre uno dei primi ad arrivare.

– Ma non vi siete mai incontrati, giusto?

– Ma sì, qualche volta nella mia osteria è capitato, sia a Casei Gerola che a Castelnuovo, ma l'ho sempre cacciato! Gli dicevo che se veniva per attaccar briga, avrebbe dovuto fare della strada, perché a casa mia chi comandava ero io. Che se ti lasci mettere i piedi in testa una volta, poi è la fine, con certi personaggi.

– Hmm... e a Varzi non si è mai fatto vedere nella vostra locanda?

– Qui toccate un brutto tasto. Passiamo oltre.

– No, no, non passiamo oltre. Ricordatevi che siamo qui perché avete tante cose da raccontarci e siamo insieme da appena un'ora e mezza o poco più. Forza, apritevi: vedrete che ne varrà la pena.

L'oste sbuffò, passandosi la mano sul volto; quindi, con poca convinzione, iniziò a parlare.

– Sono tornato una sera in osteria e l'ho trovato che faceva il cascamorto con mia moglie: non mi ha udito entrare, e non accorgendosi della mia presenza continuava come se nulla fosse. Io mi sono seduto su una sedia, volevo vedere fino a che punto sarebbe arrivato, mentre Caterina mi reggeva il gioco.

Gli uomini ascoltavano incuriositi il racconto dell'oste.

– Voi non mi conoscete ma ecco, io non sono una persona molto paziente.

– Diciamo che potevamo immaginarlo – fece sorridendo sotto ai lunghi baffi l'interlocutore più esperto.

– E niente, avrei voluto resistere un po' più a lungo ma non ce l'ho fatta, e appena quello schifoso ha provato di nuovo ad allungare le sue sudicie mani verso mia moglie, mi sono alzato di scatto rompendogli in testa una delle sedie della locanda.

– Povero Rivabella! – disse sghignazzando l'uomo in fondo alla stanza, che continuava a rimanere in disparte anche se si era seduto ormai da qualche decina di minuti su una piccola branda sgangherata.

– Povero Rivabella un bel niente! – tornò serio il Malaspina. E' un essere spregevole, con la testa talmente dura che non sono riuscito nemmeno a lasciargli un segno. Ma è abituato a combinar disastri, quello lì. Ora non so dirvi precisamente di quale misfatto si fosse reso protagonista per scappare dalla giustizia, ma i miei clienti, dei quali mi fido, dicevano che avesse ammazzato uno per una questione di confini. Una coltellata nella pancia e via, problema risolto!

– Terribile.

– Allora lo vedete che avevo ragione? Aprire la porta a un bandito del genere vi sembra un gesto di carità? Tirarsi in casa un personaggio simile è il modo più veloce, se non si hanno dei problemi, per cominciare ad averne.

– La vedova Tamburelli non avrà di certo sospettato che potesse trattarsi di un criminale, quando se l'è ritrovato dinnanzi alla porta.

– E cosa pensava che fosse? Un reverendo che le andava a portar la benedizione? I nostri monti sono pieni di personaggi poco chiari che girano spacciandosi per contadini, ma che si vede da lontano che è gente che non ha mai lavorato in vita sua. Figuratevi a Cà di Monte, due cascine sperdute in mezzo ai campi e ai boschi… chi volete che vi venga a cercare lì sopra se non qualcuno con qualche strana idea in testa?

– Ma voi a Varzi lo sapevate che c'erano questi sbandati che si nascondevano nei vostri paesi? Si facevano vedere in giro?

– In giro non è che si facessero tanto vedere, ma che vivessero nei nostri paesi lo sapevano tutti. Poi bisogna fare una distinzione, perché c'erano quelli che si erano dati una calmata e provavano a lavorare e ad avere una vita normale, e quelli che invece erano capaci solo a fare i prepotenti e ad usare la violenza.

– E questo Rivabella, da che parte stava?

– Rivabella era un bastardo, scusate la parola. Uno che fa quello che ha fatto lui e poi fa ricadere la colpa sugli altri che altro può essere, se non un bastardo?

I due interlocutori del Malaspina tenevano lo sguardo basso, mentre lui li pressava con gli occhi fissi su di loro. Si sentivano quasi a disagio, in quella situazione paradossale in cui sembrava che le risposte dovessero fornirle loro. Quello più anziano, sollevando di colpo il viso, lo affrontò a muso duro.

– Eppure pare che il Rivabella fosse un gran lavoratore, in tanti hanno testimoniato che alla famiglia Tamburelli abbia dato una bella mano nei lavori contadini, contrariamente a ciò che ci state raccontando.

Il Malaspina si alzò in piedi tenendosi la testa fra le mani, come se avesse sentito dire una delle più grosse stupidaggini di sempre.

– Cosa sentono le mie orecchie!! Mi sarebbe piaciuto farvelo vedere! Non era nemmeno capace di tenere in mano la zappa! E il bello è che arrivava da Sale, dalla pianura dove sono tutti contadini perché non ci sono altro che terre piane da coltivare! Ma cosa poteva saperne lui, che non ha mai lavorato in vita sua. Era capace solo a bere e a giocare a briscola: ecco, quello gli riusciva alla perfezione! Ah dimenticavo: e a importunare le donne degli altri!

– Continuo a non seguirvi nel vostro ragionamento, signor Malaspina, però mi sembra che voi abbiate tante cose da raccontarci. Ma prima che ci possiate spiegare nel dettaglio quello che è accaduto quella notte a Cà di Monte devo un attimo farvi tornare indietro: ci avete detto che la signora Tamburelli aveva due grossi difetti, giusto?

Il Malaspina ripensò per un istante se

effettivamente fosse stato lui a pronunciare quelle parole.

– Hmm... sì che aveva due grossi difetti, per Dio!

– Ora siamo curiosi, vogliamo sapere quale sarebbe il secondo.

L'uomo, con lo sguardo assorto, cercava di ricordarsi quello che voleva dire, che sembrava essergli scappato improvvisamente dalla memoria.

– Sentite, per cortesia, è possibile avere un bicchiere di vino?

Gli uomini scoppiarono nella risata trattenuta fino a quel momento.

– Ora sì che vi riconosciamo! Non si era mai visto un oste che chiede l'acqua!

Il Malaspina sorrise a denti stretti, come se non avesse gradito la battuta e si allentò il bottone del colletto della camicia.

5
Il sostituto

I Tamburelli vivevano a Cà di Monte da generazioni, in uno spoglio cascinale circondato da numerosi terreni coltivati che, di fatto, costituivano l'unica fonte di sostentamento per la famiglia, che pur vivendo solo di agricoltura e allevamento era riuscita a guadagnarsi la fama di essere una delle più benestanti della zona.

Dalla cascina, che si trovava sulla riva destra di un rio, non si scorgeva molto delle zone circostanti: era situata in un luogo isolato, incastrato tra i contrafforti del Poggio di Dego. Ci si doveva spostare di alcune centinaia di metri verso occidente, per riuscire a vedere il campanile della chiesa di Castagnola e, oltre i tetti lastricati delle case in pietra, il diradare delle colline verso la pianura, che nelle belle giornate era delimitata dalle bianche sagome delle alpi, distanti non si sa quanto. Sulla sinistra del torrente, un versante di montagna nascondeva alla vista la suggestiva valle di Nivione, che si apriva verso il basso come un anfiteatro di sabbia grigia, spuntato quasi per caso tra i boschi dell'appennino.

Alcuni pesanti lutti avevano segnato i Tamburelli negli ultimi anni, con la morte prima di un figlio e, successivamente, del capofamiglia: eventi che avevano, di fatto, abbandonato a sé stessi la vedova, Teresa Botti, e i due figli superstiti, che si erano ritrovati a dover sopportare l'intero peso del mantenimento della famiglia. Siccome le disgrazie non vengono mai da sole, poco dopo la morte del padre, il figlio minore Giovanni Tamburelli, aveva ricevuto la famigerata *cartolina* con la chiamata alla leva obbligatoria da svolgere in quel di Pavia, lasciando il nucleo familiare in grave difficoltà, perché tutto finì per riversarsi sulle forti, ma pur sempre due sole, spalle del primogenito Giuseppe, che avrebbe avuto il compito di portare a casa il pane e, contestualmente, assistere l'anziana madre e accudire la moglie, da poco madre di un bel bambino.

Per non essere etichettato come disertore,

il 12 gennaio 1863 Giovanni Tamburelli fu costretto a partire per la leva con la promessa, dei propri familiari, che avrebbero fatto tutto quanto in loro potere per riaverlo in cascina nel più breve tempo possibile. Eppure, trovare il modo per riportarlo a casa si stava rivelando un'impresa più ardua del previsto: l'unica possibilità esistente, all'epoca, era quella di ricorrere all'istituto della surrogazione, vale a dire ricercare una persona che sarebbe andata a svolgere il servizio di leva in luogo del ragazzo. Ma non era affatto semplice, perché il sostituto avrebbe dovuto possedere requisiti ben precisi: essere di età compresa tra i 23 e i 35 anni, avere soddisfatto alla leva, non essere ammogliato o vedovo con prole, avere dimostrato una buona condotta; inoltre, era richiesto il rispetto di una rigorosa procedura formale perché la sostituzione andasse a buon fine.

Era una possibilità prevista dal Regolamento generale per la leva militare, alla quale ai tempi spesso si ricorreva per ottenere il congedo. In particolare, nel caso di Giovanni Tamburelli, si sarebbe trattato di una surrogazione posteriore all'incorporazione, poiché il giovane, già ammesso alla leva, avrebbe potuto ottenere il congedo unicamente dimostrando di essere necessario ai bisogni della propria famiglia, dietro presentazione di un sostituto con le prescritte caratteristiche che svolgesse il servizio militare in suo luogo.

Giuseppe e la madre Teresa, seduti attorno al tavolo nella penombra della stanza, si guardavano in volto pensierosi, muovendo velocemente gli occhi alla ricerca di una soluzione che pareva impossibile da trovare. Era diventata ormai un'abitudine quella di riunirsi a parlare attorno al tavolo, a quell'ora che non si capisce se appartenga ancora al pomeriggio o già alla sera, per trovare una soluzione a questi problemi apparentemente insormontabili.

Quando Giuseppe rientrava dopo aver badato agli animali, con addosso quel forte odore di stalla che gli impregnava i vestiti, si lasciava cadere sulla sedia proprio di fronte alla madre approfittandone per fare il punto della situazione. Prima, però, era solito regalare una carezza al figlio, che dormiva pacioso in braccio alla moglie, una bella ragazza di venticinque anni originaria di un villaggio sulla strada per il

Pénice, San Pietro Casasco. Aveva i capelli corvini raccolti in uno chignon ed un ciuffo che scendeva sulla sinistra contornandole il viso: lo sguardo era un po' malinconico e sembrava non interessarsi più di tanto alla discussione in atto tra il marito e la suocera, rapita completamente dalle attenzioni per il figlio.

I due avevano a lungo pensato ad uno stratagemma per riportare a casa il ragazzo, ma non sembravano esserci alternative alla surrogazione. Bisognava spendere, insomma: la stalla era piena di animali, tutto intorno alla cascina una distesa di coltivi e occorreva a tutti i costi trovare qualcuno che continuasse a prendersi cura di tutto quel ben di Dio.

La vedova Tamburelli, stanca di pensare senza venirne a una, lasciò improvvisamente cadere sul tavolo il mattarello che girava nervosamente tra le mani.

– Basta, paghiamo. Se non si può fare altrimenti, vorrà dire che tireremo fuori i soldi.

Giuseppe strabuzzò gli occhi.

– Ci vorranno un mucchio di soldi, non possiamo permetterci di pagare qualcuno per riprenderci indietro Giovanni!

– Mah, senti Giuseppe, l'altro giorno al mercato ho parlato con un po' di gente, mi hanno detto che con duemila lire si può trovare qualcuno che prenda il posto di tuo fratello a Pavia. Dicono di chiedere in giro, anche nelle osterie, perché c'è gente che è già riuscita a far sostituire qualche parente alla leva, e che il procedimento non sia poi così complicato. Chiaro però che ci vogliono i soldi...

– Duemila lire?? – tuonò un incredulo Giuseppe, allargando a dismisura le palpebre con lo sguardo fisso sull'anziana donna. La moglie, poco più in là, sembrava improvvisamente essersi interessata alla conversazione e, serrata la bocca, scuoteva il capo con espressione poco convinta.

– Per la surrogazione ci sono le tariffe! – lo rimproverò la madre. – E in più, qualcosa da riconoscere al sostituto... neanche il cane muove la coda per niente, Giuseppe, non devo mica spiegartelo io! Ci sono tanti disperati che non hanno terra, bestie o che si sono mangiati su tutto e come sentono parlare di soldi cambiano subito faccia, mi hanno già fatto qualche nome. Però ci vuole una persona fidata, non possiamo permetterci di pagare qualcuno che poi magari sparisca, lasciandoci con niente in mano!

– Fiducia, fiducia... io non mi fido di nessuno... non bisogna far degli affari con le persone che non si conoscono bene. Madre qui si parla di spendere duemila lire, vi rendete conto? Quanti anni dovremo lavorare ancora per tornare ad accumulare duemila lire?

– Hai ragione Giuseppe ma allora cosa vogliamo fare? Se vogliamo tenere i soldi da parte possiamo farlo: Giovanni resterà a Pavia e i nostri soldi rimarranno nella borsa di tela che tengo là dentro – fece la donna indicando una vecchia credenza nell'angolo della cascina. Quindi proseguì. – Ma tu, da solo, sarai in grado di fare tutto il lavoro che prima facevi con la buonanima del papà? O avrai bisogno di far lavorare qualcuno?

Ricordati una cosa: – fece la vecchia con tono minaccioso – se ci riprenderemo indietro tuo fratello saprai di poterti fidare di lui e sarai sicuro di non trovarti delle brutte sorprese; se lo lasceremo a fare il militare, pagando qualcuno per venire a darti una mano, andrà poi a finire che comincerai a lamentarti che nessuno è capace di lavorare bene come te! Anche quello lì che dorme nella nostra stalla, mi sembra che ti sia già andato giù di grazia, o sbaglio?

A Giuseppe scappò un sorrisetto amaro.

– Ma non è che mi sia andato giù di grazia, però non è capace di lavorare bene. Fa quello che gli dici di fare, ma senza un minimo di criterio…

– Secondo me tra voi due è successo qualcosa – disse la vecchia guardando il figlio con il volto preoccupato.

– Ma cosa volete che sia successo, madre…

– Qualcosa è successo di sicuro – rincarò la dose la donna. – Prima vi comportavate in maniera diversa. Adesso a parte che sono un po' di giorni che non si fa vedere, ma anche quando lo incrocio al mattino mi sembra freddo, asciutto, come se aveste avuto a fare delle parole per qualcosa. Mi guarda sempre da sotto in su, come se ce l'avesse con noi.

– Ah e dovrebbe avercela anche con noi, dopo che gli abbiamo dato un posto al caldo dove dormire, da mangiare e pure da lavorare? Che venga a dirmelo di persona!

La madre guardò Giuseppe con occhio compassionevole.

– Stai attento né. Che non vorrei avere ancora sbagliato a tirarmi in casa un mezzo bandito.

– Madre, prima o poi lo imparerete che non bisogna aprir la porta proprio a tutti. Ormai avete la vostra età, ma io spero sempre che presto o tardi possiate capirlo che bisogna anche farsi i fatti propri, ogni tanto.

La vecchia sospirò, come a dire *che ci posso fare, sono fatta così.*

– Comunque non possiamo più fare tanto i sofisticati, qui serve qualcuno che ci dia una mano e anche velocemente. Mia moglie ha sempre fatto quel che ha potuto, ma adesso avrà il suo bel da fare con il bambino. Conviene allora tenersi *il mulo*, pur con tutti i suoi difetti. L'importante è stare attenti a non dargli troppa confidenza…

La madre rimase a guardare Giuseppe indecisa se provare ad approfondire l'argomento, ma desistette. Così il figlio, resosi conto di essersi lasciato scappare qualche parola di troppo, non le lasciò il tempo di pensare oltre, cambiando immediatamente discorso.

– Dicevate quindi, madre? Duemila lire le abbiamo?

– Senti Giuseppe, facciamo così. Noi problemi di soldi non ne abbiamo, lo sai; duemila lire ce le ho già da parte, sono quelle che abbiamo messo via insieme a tuo padre negli ultimi anni prima che mancasse: se troviamo qualcuno disposto a prendere il posto di Giovanni per quei soldi, ben venga. Se ce ne chiedessero di più, perché qualcuno dice anche che potrebbero servire più soldi, vorrà dire che venderemo qualche attrezzo, qualche terra o qualche bestia, magari quelle belle che abbiamo nascosto al Dego, e ci riporteremo a casa Giovanni. Io comincio a tenere le orecchie tese e a chiedere in giro: se tu hai in mente una soluzione migliore, ti prego di parlarmene.

Giuseppe chinò il capo.

– Soluzioni migliori non ce ne sono madre, facciamo così.

Fu così che l'anziana Teresa Botti, vedova Tamburelli, iniziò la sua lunga ed estenuante ricerca di un sostituto per il figlio.

6
La minestra

– Ecco il vostro bicchiere di vino – disse l'uomo che stava seduto in disparte, avvicinandosi al Malaspina e porgendoglielo con una mano.

– Molte grazie. Dicevamo, il secondo difetto di quella donna era che non sapeva tacere. Mica che fosse cattiva, ma era ingenua, raccontava i fatti suoi a tutti. E sapete qual è il risultato di questi due difetti combinati insieme? Provate anche solo ad immaginare! Prima ti tiri in casa uno scavezzacollo dandogli un lavoro, da mangiare e da dormire; poi siccome non riesci proprio a capire che i fatti tuoi non li devi raccontare in giro, finisci per raccontargli che tieni in casa un bel gruzzoletto di soldi che ti serviranno per far tornare tuo figlio dal servizio militare! Secondo voi, un bandito del genere un pensierino a cercare di rubarti quei soldi non lo fa?

Gli interlocutori del Malaspina allargarono le braccia, quasi costretti a dargli ragione.

– Non bisogna essere dei professori per capire che a volte è meglio farsi i fatti propri! – rincarò la dose l'oste.

– Conoscevate la vedova Tamburelli?

– Conoscere è una parola grossa. Avevo fatto qualche affare con suo marito appena ritornato a Varzi, qualche anno fa, quando mi servivano delle galline per farci il brodo in osteria: avevano un bel pollaio, mi ricordo che le persone a cui avevo chiesto mi avevano detto di rivolgermi a loro che non me ne sarei pentito, e in effetti devo dire che è andata così. La vecchia invece l'ho vista una volta sola: era un venerdì, giorno di mercato a Varzi…

– Scusate se vi interrompo: era venerdì 27 marzo?

– Venerdì 27 marzo 1863. E chi se lo dimentica, quel giorno! E' capitata nella mia osteria assieme a un uomo e a una donna di Dego per mangiare una minestra. E' stata la prima e anche l'ultima volta che l'ho vista, anche se solo da lontano perché quel giorno ero affaccendato in altre questioni.

– Però ve la ricordate bene…

– Vi sfido a dimenticarvela una così: se anche voi aveste udito ciò che mi hanno raccontato mia moglie e mio figlio, sono certo che ve ne ricordereste!

– Cosa diavolo avrà mai combinato questa donna, sentiamo…

– Ha piantato su una questione di stato perché era un venerdì di quaresima e il formaggio nella minestra, lei e quell'altra, non ce lo volevano. Avrebbero ancora dovuto ringraziarci che gliel'abbiamo preparata, la minestra, visto che ci sono piombate in osteria che l'ora del desinare era già finita da un pezzo. Invece, guai! Hanno preteso che preparassimo una zuppa col vino, perché il formaggio non volevano nemmeno vederlo nel piatto!

– E voi avete esaudito le loro richieste?

– Per forza che abbiamo dovuto andar loro dietro, il cliente ha sempre ragione si dice, non è vero? E allora mia moglie ha rifatto due minestre con il vino, ma la loro bella dose di bestemmie se la sono presa, state tranquilli!

– Da buon cristiano – si lasciò scappare il

giovane ragazzo di fronte a lui, senza che l'uomo che gli stava accanto riuscisse a fermarlo per tempo.

– Non me ne frega niente, – fece secco il Malaspina – i bigotti devono scomparire da questa terra! Non li vedete, che pensano di ottenere il paradiso mettendo del vino al posto del formaggio nella minestra? Ma vi rendete conto di cosa stiamo parlando?

– Lasciamo perdere. E comunque, tutto qui? Sarebbe questa l'unica colpa di quella donna?

L'oste cercò per un istante di riordinare le idee, lasciando da parte la foga con cui si era scagliato contro le due donne per la questione della minestra. Rimase a pensare guardando fisso verso il muro, rivelando in maniera evidente la sua poca intelligenza che, in quelle situazioni, traspariva tutta dal suo sguardo.

– Perché, vi sembra forse poco? Comunque, oltre a questo, mio figlio mi ha raccontato che quando hanno finito di mangiare la loro diavolo di minestra, mentre la donna che era con lei saldava la nota con mia moglie Caterina, la Tamburelli è entrata di soprassalto in cucina per domandargli se noi, in osteria, fossimo a conoscenza di qualcuno che potesse prendere il posto di suo figlio minore alla leva obbligatoria. Gli disse che quella mattina era stata al mercato per incontrare un tizio, un certo *Giuseppin*, che le aveva confermato di conoscere un giovane con tutti i requisiti giusti per partire al posto del figlio, ma poi non si erano trovati e allora aveva pensato di chiedere in qualche osteria per farsi indirizzare da qualcuno che l'avrebbe potuta aiutare.

– E voi che avete fatto?

Il Malaspina finì in una sorsata il bicchiere di vino che gli avevano portato e si pulì la bocca con la manica a tre quarti del giaccotto, prima di continuare a parlare.

– Cosa volete, noi siamo persone di cuore. Quando qualcuno ha bisogno è alla nostra porta che bussa, quando c'è da aiutare qualcuno la mia famiglia è sempre chiamata in causa. Sapete, no? L'osteria è il punto d'incontro della comunità e quella donna, pur sempliciotta, dovrà aver pensato che noi, persone che potevano prendere il posto del figlio, dovevamo conoscerne parecchie, non solo nella valle

Stàffora ma anche in pianura, dati i nostri trascorsi. E' chiaro però che era una questione di soldi, solo ed esclusivamente di soldi. Mi sembra che le leggi militari stabilissero delle tariffe per la surrogazione ma che poi si usasse anche mettere qualcosa in tasca a chi ti ha fatto il piacere, insomma, ci siamo capiti...

– E in questo caso chi sarebbe stato *a fare il piacere*: la vostra famiglia o il sostituto?

Il volto del Malaspina mutò improvvisamente espressione simulando quasi disgusto.

– Penserete mica che noi volessimo fare i soldi sulla pelle della gente in difficoltà? Io sono un oste, uno che lavora dal mattino alla sera e so bene quanto sia difficile guadagnare qualcosa e metterlo da parte. Di certo non mi verrebbe in mente di andare a portarlo via dalle tasche di qualcuno che ha bisogno di un aiuto.

– Volete dirci che non avreste preteso nulla in cambio del favore fatto alla vedova Tamburelli?

– Macché. Mi sarei accontentato che la prossima volta che fosse capitata nella mia osteria non mi avesse rimandato indietro la minestra per la storia del formaggio, della quaresima e di tutte quelle stupidaggini!

– Sempre più un cristiano modello – sussurrò il più giovane dei due interlocutori al suo compare, che questa volta riuscì a metterlo a tacere con un pestone sotto al tavolo.

– E' possibile avere ancora del vino? – chiese il Malaspina, portandosi la mano al collo, come se volesse lasciare intendere di avere la gola secca, senza nemmeno ascoltare il commento del giovane.

– Porta la bottiglia e lasciala direttamente qui – disse il più anziano dei due rivolgendosi all'altro uomo che se ne stava in disparte. – La notte è ancora lunga e credo che da qui a domattina ne sentiremo ancora delle belle – aggiunse a bassa voce all'orecchio del suo vicino di sedia, che annuì in silenzio ma con un'espressione incuriosita disegnata sul volto.

– Mio figlio mi disse che la vecchia gli aveva riferito di avere duemila lire in casa già pronte – riprese l'oste – e di avere con sé altre mille lire che aveva racimolato quel giorno vendendo una coppia di buoi al mercato a Varzi. Pensate un po', tornando al discorso di prima, che cosa sarebbe potuto accadere se mai mio figlio fosse stato un farabutto: per poco quella chiacchierona non gli andava a rivelare dove teneva nascosto il denaro!

E continuò. – Gli disse anche che aveva fretta, che non voleva tenere in casa troppo a lungo tutti quei quattrini perché temeva che qualche malintenzionato avrebbe potuto venirlo a sapere. Così gli chiese come estremo favore quello di fare il possibile per riuscire a recuperarle un sostituto nel giro di due, massimo tre giorni, non di più.

– Aveva paura del bandito Rivabella, secondo voi?

– Non saprei, a mio figlio non fece mai il suo nome, era così ingenua che secondo me nemmeno ci pensava a quello lì. Ma era chiaro, no? L'avete capito anche voi che conoscete la vicenda da pochi minuti: il bandito ce l'aveva già in casa e gli dava pure vitto e alloggio. E linguacciuta com'era, gli aveva sicuramente già dato anche tutte le dritte su dove teneva nascosti i soldi e i preziosi!

– Quindi vostro figlio ve ne ha parlato e insieme vi siete messi immediatamente all'opera per aiutare la vedova Tamburelli, giusto? Mi pare di aver capito che voi quel giorno non avete incontrato la donna…

Il Malaspina rimase fermo per qualche istante come se cercasse di ricordare qualcosa di importante, quindi si versò da bere dal bottiglione che era stato appoggiato sul tavolo di legno scuro.

– Io stavo armeggiando nel retro della cucina e mio figlio, saggiamente, mi ha consigliato di restarvi perché temeva potessi investire quella donna per la storia della minestra, che avevo udito per via delle urla di mia moglie! Comunque sì, già quel pomeriggio io ho parlato con alcuni clienti che sono entrati in osteria ma nessuno mi ha saputo fare il nome di qualche possibile sostituto. Allora siamo partiti a piedi, io e Angelo, e abbiamo raggiunto i paesi di là dal fiume, Casa Bertella e Caposelva, per essere sicuri che ai suoi primi vicini, almeno, la donna avesse già chiesto. Sapevano già tutto, ma tra di loro non c'era nessuno che potesse prendere il posto del figlio alla leva.

Così, ho pensato che quella sera avrei potuto provare a fare un salto al Caffè del

Popolo, un'altra osteria di Varzi, per continuare la mia ricerca e dare una mano a quella povera donna: mio figlio me ne aveva parlato così bene che mi ero preso a cuore la sua situazione e io, quando prendo un impegno, cadesse il mondo, lo mantengo!

– Allora, questo benedetto sostituto, l'avete poi trovato al Caffè del Popolo?

– Macché, quella sera sembrava non esserci in giro nessuno, era un venerdì un po' smorto. Sono entrato, ho bevuto qualche bicchiere, atteso che si facesse un'ora più tarda perché arrivasse qualche cliente, ma nessuno ho visto se non i soliti perditempo: a qualcuno ho detto di passare alla mia osteria, che ci saremmo fatti una briscola e due cantate, poi però mi sono reso conto di essere troppo stanco, quel giorno di mercato mi aveva sfinito. Così sono tornato a casa e per non farmi vedere, visto che mi avrebbero tirato sicuramente di sotto a giocare a carte, sono entrato dal retro direttamente nella cucina e sono salito in camera mia a riposare. L'indomani, mi ero detto tra me e me, mi sarei messo di nuovo alla ricerca di qualcuno per quella povera donna.

Il Malaspina rimase per un istante a fissare il muro dinnanzi a sé, quindi trangugiò l'intero bicchiere di vino, riempiendolo nuovamente fino all'orlo. – Sono stato uno stupido però. Perché mi sono tirato la gente in osteria a far baldoria e poi non riuscivo a prendere sonno, dal baccano che facevano. Allora mi sono rivestito e sono sceso di sotto a cantar con loro, visto che ormai il sonno se n'era andato chissà dove.

7

28 marzo

Bertella Domenico detto *il Merlo* si era tirato su dal letto come sempre faceva di buon'ora, a dire il vero anche qualche decina di minuti in anticipo, la mattina del 28 marzo 1863. Secondo gli accordi presi, era proprio quel sabato che gli sarebbe toccato fare, come si diceva allora, *la giornata* per i Tamburelli di Cà di Monte: la fine di marzo era a detta di tutti il periodo migliore per seminare le patate e lui, metodico e preciso com'era, rappresentava, da questo punto di vista, una vera e propria garanzia, tanto che Giuseppe Tamburelli, su consiglio della moglie, aveva per l'appunto pensato di chiamarlo per dargli una mano. Non era un grande proprietario terriero, ma era uomo di riconosciuta affidabilità ai cui servigi molti ricorrevano quando necessitavano di un bracciante per le faccende agricole e di quello viveva.

Veniva da Caposelva, piccola frazione ai piedi del Poggio di Dego sul lato della valle Stàffora, situata, rispetto a Varzi, al di là del fiume e da qui partì, sul far dell'alba, diretto a piedi alla costa che sovrasta Dego per poi scendere verso Cà di Monte, attraverso il più utilizzato tra i sentieri che permettevano di raggiungere il soprastante crinale: era una mulattiera particolarmente ripida e proprio per questo molto breve. Salì con il suo consueto passo spedito da lavoratore, sbuffando a intervalli regolari e in men che non si dica raggiunse la dorsale che divide le due valli, quella dello Stàffora e quella del Curone: qui trovò ad attenderlo un forte vento, capace quasi di fargli perdere l'equilibrio. Percorse per un tratto il crinale verso oriente, fermandosi di tanto in tanto ad osservare i raggi del sole che iniziavano ad insinuarsi nella nascosta valletta di Nivione, illuminando il grigio dei calanchi: incontrata la mulattiera per Cà di Monte, che si trovava leggermente sotto costa, la imboccò e fu al riparo dal vento. Ripreso fiato, continuò a scendere attraverso il bosco e, costeggiato un grande terreno di proprietà dei Tamburelli, raggiunse in pochi minuti lo sperduto cascinale dove era atteso.

Il vento soffiava forte anche a Cà di Monte quella mattina e, pur essendo molto presto, la porta di casa dei Tamburelli pareva stranamente essere accostata. Che ciò fosse dovuto al vento o a qualcos'altro, al *Merlo* pareva non importare molto: in fondo, che quella fosse una famiglia di lavoratori, di gente mattiniera era risaputo e di certo saranno stati già tutti quanti all'opera, tra la stalla, le terre e la ricerca di un sostituto per riportarsi a casa il figlio minore dalla leva.

Per questo, la scoperta parve non turbarlo eccessivamente, tanto che il bracciante raggiunse subito il terreno dove, secondo gli accordi presi, avrebbe dovuto lavorare quel giorno, convinto di trovare là ad attenderlo Giuseppe Tamburelli. Così non fu, e per ingannare l'attesa iniziò a rastrellare il campo, aspettando che l'uomo lo raggiungesse.

Dopo alcune decine di minuti, non vedendo sopraggiungere nessuno, *il Merlo* decise di fare ritorno al cascinale, per accertarsi che i Tamburelli si ricordassero dell'appuntamento che avevano concordato per quella mattina. Avvicinandosi notò ancora la porta socchiusa e approfittando di una pausa tra due folate di vento, udì un pianto di bambino scivolare fuori dalla casa e giungere dritto alle sue orecchie, invogliandolo ad avvicinarsi per controllare che tutto fosse effettivamente a posto.

– E' probabile che l'anziana vedova Tamburelli, uscita per compiere qualche faccenda, abbia dimenticato di richiudere la porta del cascinale, o che l'abbia aperta il vento e che all'interno vi siano il Tamburelli e la moglie con il piccolo bimbo che sta facendo i capricci perché non ha ancora preso il latte – pensò tra sé e sé *il Merlo*. Decise comunque di avvicinarsi per verificare e, portandosi nei pressi della porta d'ingresso, udì il pianto del bambino aumentare sempre più d'intensità, fino a divenire quasi insopportabile anche per un uomo paziente come lui.

Sporgendosi in avanti, picchiò due colpi sulla porta di legno per avvisare della sua presenza, mantenendosi comunque lontano con il corpo, per non sembrare indiscreto e attendendo che qualcuno, dall'interno, gli dicesse di spingere la porta aperta ed entrare. Nulla però pareva avvertirsi, solo il pianto ininterrotto e disarmante del bambino.

Infilò lo sguardo attraverso la sottile striscia lasciata dalla porta accostata ma non riuscì a vedere nulla di più. Così, diviso tra preoccupazione e curiosità, decise di spingere la porta con la mano, accorgendosi immediatamente che, però, questa non scorreva e pareva anzi bloccata sul fondo da qualcosa che le impediva di aprirsi.

– Che diavolo può essere? – si disse questa volta a bassa voce, tradendo una sempre maggiore preoccupazione.

Avvicinò la testa alla porta e cercò di scrutare dentro, ma lo spazio era troppo poco; provò così a spingerla con maggiore decisione, riuscendo, nonostante l'impedimento dell'ostacolo, a crearsi lo spazio sufficiente per infilare il capo e guardare all'interno.

Una scena agghiacciante gli si presentò davanti agli occhi: il corpo di un uomo giaceva ai piedi della porta, disteso in diagonale sopra ad un altro corpo, quello di una donna. Li riconobbe istantaneamente in Giuseppe Tamburelli e nella sua giovane moglie, mentre sul fondo della stanza, non distante dalla finestra, sulla seduta di legno su cui era solita riposare, scorse la vedova Tamburelli con la testa riversa sullo schienale. Nella rudimentale culla, il bimbo continuava a piangere rivelando un disilluso rigurgito di vita in quell'angusto scenario di morte.

In preda allo spavento, *il Merlo* partì di corsa dirigendosi alla volta di Castagnola, che era il paese più grande nei dintorni e che gli sembrava quello dove più facilmente avrebbe potuto ottenere aiuto. Incontrò lungo la strada Giovanni Antonio Cavagnaro, un anziano proprietario di terre, parente, tra l'altro, dei Tamburelli e fu il primo a cui rivelò la macabra scoperta: insieme, presero a passo spedito la direzione della chiesa, che si vedeva in lontananza su di un cocuzzolo, per avvertire il parroco Don Severino Zerba. Picchiarono alla porta e il giovane prevosto si affacciò con calma all'uscio della canonica, notando immediatamente il volto sconvolto dei due uomini.

– Padre, che spavento! Sono stato il primo testimone di un drammatico fatto che riguarda la famiglia dei Tamburelli di Cà di Monte – esordì *il Merlo* con gli occhi carichi di emozione. – Una tragedia di proporzioni enormi, sono morti tutti! Vi prego di venire a vedere con i vostri occhi lo spettacolo raccapricciante che mi sono trovato davanti!

– I Tamburelli?? – cambiò immediatamente espressione il parroco, facendosi il segno della croce. – Ma se ho visto proprio ieri sera alla funzione vespertina il buon Giuseppe, in piedi accanto alla porta, in fondo alla chiesa!

– Proprio con lui avevo appuntamento questa mattina! Che devo dirvi, nemmeno io credevo ai miei occhi ma sembra proprio siano stati vittima di un tentativo di rapina finito nel sangue!

– Che fatto strano! – continuò riflessivo il parroco – Una famiglia così ben voluta da tutti, mi viene quasi naturale escludere che potessero coltivare delle inimicizie, così come escluderei che avessero debiti verso qualcuno che non sono riusciti a saldare. Anche se però, ora che mi ci fate pensare, avevano in ballo quella questione della surrogazione del figlio minore...

– Avevano i soldi in casa! – disse il Cavagnaro, che fino a quel momento aveva taciuto, sovrapponendosi alle parole del prete. – Sapete che la vedova andava in giro da qualche tempo a cercare un sostituto che potesse prendere il posto di Giovanni alla leva obbligatoria...

– Già, già! – disse il giovane parroco dall'aspetto bonario, mordendosi il labbro come se avesse intuito che era quello il particolare su cui concentrarsi. – Forza, non perdiamoci in chiacchiere e andiamo a Cà di Monte. Organizziamoci, però: chiamate qualcuno, uomini forti che ci possano dare una mano a gestire questa situazione!

– Muoviamoci, Padre – disse *il Merlo* – anche perché il bimbo l'hanno risparmiato!

– Oh che bella notizia! – esclamò Don Severino facendosi di nuovo il segno della croce. – Meno male che un poco di umanità ce l'hanno anche gli assassini più spietati...

Fu così che i tre, seguiti da altri uomini del paese, partirono a passo veloce in direzione di Cà di Monte, dove giunsero che ancora il pargolo stava piangendo ed il suo era l'unico rumore che si udiva, in quel silenzio di morte.

Dovettero mettersi all'opera, dapprima, per rimuovere il corpo di Giuseppe Tamburelli, che impediva l'apertura della porta: lo spostarono poco più in là, facendo bene attenzione a non eliminare tracce importanti che sarebbero potute servire per le indagini e cercando di segnare, per quel che potesse servire, la sua posizione originaria; quindi entrarono scavalcando il corpo della giovane donna per porre in salvo, prima di tutto, il bambino che fu consegnato al Cavagnaro con il compito di affidarlo alle cure di alcune donne di Castagnola.

Don Severino, dopo aver disposto che alcuni si fermassero a sorvegliare il luogo del delitto, rientrò trafelato in canonica per avvisare formalmente dell'accaduto le competenti cariche dello Stato. Tirò a sé un pesante cassetto della scrivania su cui era solito appoggiarsi a studiare, estraendone un pregiato foglio di carta azzurrino, su cui andò ad imprimere in bella calligrafia la sua denuncia dell'accaduto all'avvocato Ferlosio, giudice del mandamento di San Sebastiano.

Castagnola, 28 marzo 1863

Illustrissimo signor Giudice,
mi preme segnalarVi un atroce crimine scoperto poco dopo il sorgere del sole nell'isolato cascinale di Cà di Monte, località sita ai confini del territorio ricompreso sotto la Vostra giurisdizione.

Trattasi di un triplice omicidio, presumibilmente commesso a scopo di rapina, ai danni dei componenti di un'operosa e stimata famiglia del loco, messo in atto con atrocità e violenza sotto gli occhi di un povero ed indifeso pargolo, unico superstite della tragedia.

I corpi sono stati rimossi per consentire i soccorsi al piccolo, avendo la massima cura di non rimuovere alcunché possa essere di vitale importanza per lo svolgimento delle indagini da parte dei Vostri uomini. In qualità di parroco della frazione di Castagnola, ho assunto provvisoriamente la direzione delle operazioni per consentire i primi soccorsi, in attesa del Vostro celere intervento.

Tanto Vi dovevo in qualità di umile

servitore di Dio.

Con osservanza
Don Severino Zerba

Dopo aver lasciato il pargolo alle cure della moglie, nella cui abitazione si radunarono in fretta tutte le donne del paese, il Cavagnaro prese la strada del villaggio di Gremiasco, dove svolgeva la carica di consigliere nel Comune, per avvertire dell'accaduto il sindaco Severino Giani, che a sua volta non tardò ad adempiere ai propri obblighi vergando su un bel foglio di carta la sua denuncia dell'accaduto, anch'essa indirizzata all'attenzione di Ferlosio, che andò ad unirsi a quella del prevosto di Castagnola ma che spostava l'attenzione, con tono vagamente polemico, sulla totale assenza di sicurezza nelle valli di montagna, terreno fertile per i banditi che potevano girovagare indisturbati terrorizzando gli abitanti di quei luoghi.

Ferlosio, ricevute le missive, informò l'Avvocato Forni, Procuratore del Re a Tortona, e partì alla volta di Cà di Monte con il dottor Cumo, medico del paese, l'usciere della giudicatura e tre carabinieri. A Tortona la notizia giunse nel pomeriggio e immediatamente partì una comitiva composta dal magistrato Rosari e dal suo segretario, dal Procuratore del Re e dal medico legale dottor Vago, che il giorno seguente raggiunsero la scena del crimine, rompendo i sigilli che erano stati apposti all'abitazione per dare formalmente avvio alla fase delle indagini.

8
Il colpevole

L'uomo seduto in disparte nella piccola stanza lanciò uno sguardo all'orologio che gli penzolava dal taschino, che segnava le tre e quaranta. Il Malaspina era un fiume in piena e continuava nel suo racconto, che però sembrava allontanarsi sempre più dalla direzione auspicata dai suoi interlocutori.

– La mattina seguente all'osteria, già di buon'ora, cominciarono ad arrivare clienti che ci chiedevano se fossimo al corrente del massacro accaduto a Cà di Monte. Evidentemente la notizia doveva essersi sparsa piuttosto in fretta, la gente ha bisogno di cose interessanti di cui spettegolare…

– E ci mancherebbe, la voce paesana corre piuttosto velocemente – disse il più anziano dei due interlocutori – specie di fronte a tragedie del genere che, mi viene da pensare, non saranno così frequenti in quelle terre isolate.

Il Malaspina continuò come se nulla fosse accaduto, come se nessuno avesse osato parlare all'interno della stanza, sovrapponendosi alla voce altrui mentre, tra le mani, rigirava il bicchiere ora nuovamente vuoto.

– A me quella notizia ha sconvolto! Ma vi rendete conto? La vedova Tamburelli, proprio quella povera donna che era stata nella mia locanda il giorno precedente a chiederci aiuto per la surrogazione del figlio e che noi stavamo cercando di aiutare! Tutti quelli che entravano non parlavano d'altro, e ognuno di loro raccontava la vicenda fornendone una diversa versione: e non vi dico quelli che erano già stati a curiosare, ciascuno descriveva la scena del delitto aggiungendo particolari nuovi e agghiaccianti. Al che, mi sono detto che sarebbe stato saggio mettersi in marcia per quel luogo e vedere con i miei occhi quello che era accaduto, per farmi un'idea di come stessero le cose. La descrivevano come una scena raccapricciante e crudele e mi chiedevo se questi uomini così perbene avessero mai visto, prima di allora, l'uccisione anche solo di tre capretti. Non c'è differenza alcuna, per terra alla fine rimane tanto sangue uguale!

I due uomini di fronte a lui si guardarono stupiti ed entrambi si girarono ad osservare l'altro che se ne stava in disparte, che per la prima volta sollevò il capo mostrando un'espressione preoccupata per le affermazioni del Malaspina.

– Ho preso mio figlio Angelo dicendogli di venire con me; abbiamo attraversato lo Stàffora e raggiunto Casa Bertella, una delle due frazioni sotto al Poggio di Dego, vicino a Caposelva. Qui abbiamo preso la strada che saliva verso il Poggio e siamo scesi a Dego, dove ho bussato alla porta di una casa e ho chiesto di spiegarmi la strada che dovevo fare per arrivare a Cà di Monte, che non sapevo nemmeno dove fosse. Così, seguendo le indicazioni che mi hanno dato, sono arrivato in un punto dove c'era un capannello di persone e ho intuito che dovesse trattarsi del luogo del delitto. Una cascina con una stalla e il bosco attorno, niente di che: se non l'avessi saputo, mai l'avrei potuto immaginare che i Tamburelli fossero gente benestante! E meno male che avevo osato chiedere indicazioni, perché in un deserto simile mai ci sarei arrivato con le sole mie gambe!

– Stavano tutti lì impalati a guardare quella casa chiusa coi sigilli, sorvegliata da qualche carabiniere e da un prete, così ho chiesto loro se ci fosse qualcosa da vedere oppure se mi avessero fatto andare fin là sopra per guardare il muro di una casa. Un carabiniere mi rispose che la porta era chiusa perché c'erano i corpi a terra e non si poteva entrare per non rovinare il lavoro a chi doveva fare le indagini. Ma che bisogno c'era di indagare se il colpevole aveva già un nome e un cognome!

– E quale sarebbe?

– Pietro Rivabella! E chi, altrimenti?? Comunque, era stata appoggiata alla cascina una scala a pioli, con la quale si poteva salire e, attraverso una finestrella, vedere dall'alto la scena del massacro. Mi sono fatto largo tra la folla e ho preso a salire la scala, peccato che poi mio figlio, quel santo ragazzo, mi abbia implorato di scendere perché alla mia età, sapete, soffro di giramenti di testa e temeva che potessi perdere l'equilibrio. Così sono arrivato fino a quel luogo dimenticato da Dio per non riuscire nemmeno a godermi quello spettacolo che tutti definivano macabro!

Gli interlocutori del Malaspina si guardavano schifati, mentre l'uomo, in preda ormai alla propria sfrontatezza, proseguiva nel racconto entrando nei più raccapriccianti particolari.

– Datemi una sigaretta per piacere, ce l'avete?

– Tenete – fece il più giovane dei due non appena ebbe ricevuto dall'uomo più anziano un cenno di assenso, lanciando una bustina di tabacco sul tavolo in direzione del Malaspina, che iniziò rapidamente a prepararsene una. La accese con un fiammifero, ostentando una prepotenza che fino ad allora non aveva ancora mostrato e cercando di darsi il tono da intellettuale che non era e che probabilmente non sarebbe mai stato.

– Con la zappa li hanno ammazzati! Con la scure e la forca li hanno finiti, dicevano quelli che han visto – e si alzò in piedi iniziando a mimare con perfezione chirurgica i movimenti del presunto assassino.

– Una botta in testa, e *bàm*, il cranio fracassato e la vecchia morta! Altro che sostituto del figlio, il figlio adesso non ti serve più a niente perché non hai più il becco di un quattrino! I soldi sono nelle tasche di quel rosso là, che se la starà spassando da qualche parte, chissà dove. Magari avrà già sperperato metà dei soldi che ha trovato! Sapete cosa si dice dei rossi, no? Sono grami come la peste! Sapeste con che precisione ha infilato la scure nella pancia del figlio! E la nuora? Una così bella ragazza, avreste dovuto vederla! Non era più così bella dopo che l'ha accecata con la forca!

Gli uomini nella stanza erano sempre più disgustati dal racconto del Malaspina, eppure continuavano a dargli corda. Erano le quattro passate e ormai avevano intuito che la restante parte di notte sarebbe proseguita così, ascoltando il monologo di quell'uomo e di riposare non se ne sarebbe nemmeno parlato. Per cui, tanto valeva cercare di andargli dietro come si fa con un bambino, nella speranza che si decidesse a collaborare.

– Il Rivabella è un santo però! Ha risparmiato il pargoletto! Lo sapete, no? In casa c'era anche il figlio di Giuseppe Tamburelli e quel bestione non l'ha nemmeno toccato, giusto

94

per farlo crescere orfano dei genitori. Che poi, dicono che abbia provato a dar fuoco alla cascina e se mai il fuoco avesse attaccato, immaginate che mucchiettino di cenere sarebbe rimasto, del neonato!

Gli interlocutori del Malaspina, esterrefatti e bianchi in volto, si arrotolarono una sigaretta.

.

9
Le indagini

Il cascinale di Cà di Monte ricadeva per poche decine di metri nella Divisione di Alessandria e faceva territorialmente parte del Circondario di Tortona, mentre poco più in là, in direzione dello Stàffora, si entrava nel territorio della Divisione di Genova e del Circondario di Bobbio. Fu questo il motivo che spinse gli inquirenti ad informare dell'accaduto, per opportuna conoscenza, anche il giudice di Bobbio il quale delegò immediatamente il magistrato mandamentale, dottor Olmi, in servizio a Varzi, a seguire la fase delle indagini in collaborazione con i colleghi di Tortona, ai quali avrebbe messo a disposizione la propria esperienza e la propria profonda conoscenza del territorio varzese.

Il dottor Vago, presa visione della perizia provvisoria operata dal dottor Cumo nel corso della giornata precedente, poco dopo il rinvenimento dei corpi, non ritenne di aggiungere alcunché e lo dichiarò di fronte ai magistrati Rosari e Olmi, il quale, essendo di sede a Varzi, impiegò poco per essere sul luogo del delitto, complimentandosi con il collega per l'eccellente lavoro svolto.

– Appare fuor di dubbio che la prima persona ad essere assassinata sia stata l'anziana vedova Tamburelli, colpita per due volte con un oggetto contundente e per una volta con un oggetto tagliente: ciascuno di questi tre colpi, di per sé, mortale. E' stato quindi il turno dei due coniugi: la nuora Teresa, che ha ricevuto quattro colpi, nello specifico due da corpo contundente, uno da corpo lacerante e uno da corpo perforante; il figlio Giuseppe Tamburelli colpito per cinque volte in parte con oggetti taglienti e in parte con oggetti contundenti. E' altresì evidente un tentativo di cancellare le tracce appiccando il fuoco ai cadaveri: tentativo piuttosto maldestro, però, poiché le fiamme, non riuscendo a propagarsi a sufficienza, si sono fermate al risvolto dei pantaloni dell'uomo e al fianco sinistro della giovane donna, in parte carbonizzato. Accanto alla culla dove riposava il povero bimbo sopravvissuto alla tragedia, una bianca fascia da neonato era servita presumibilmente a pulire le mani degli assassini ed era completamente insanguinata, così come colmo di sangue appariva il pavimento.

– Crimine feroce e spietato, dannazione – intervenne Olmi, che solo da poco si era calato nel clima delle indagini. – Non ne abbiamo mai visti omicidi così, da queste parti.

– Non ci sono segni di effrazione e sulla scena del delitto sono stati rinvenuti quattro attrezzi contadini – prese la parola Rosari, rivolto al collega di Bobbio – che sicuramente sono quelli utilizzati per infliggere i colpi di cui parlava il dottore: erano appoggiati al muro, ancora intrisi del sangue dei Tamburelli. Trattasi di due scure da legna, una dal manico più lungo e una più piccola; di una zappa e di un forcone.

Olmi ascoltava con attenzione e memorizzava il più possibile, cercando di creare nella propria mente un quadro completo dell'accaduto.

– La prima cosa che mi viene da pensare è che le vittime conoscessero il loro assassino, se lo hanno fatto entrare all'interno del cascinale.

– Concordo – gli fece eco Rosari. Che aggiunse – e mi sento di poter affermare che l'assassino non abbia agito da solo. La quantità di attrezzi utilizzati lascia pensare che abbiano agito almeno in due: posto che la vedova Tamburelli è stata la prima ad essere assassinata, è presumibile che siano sopraggiunti in seguito i coniugi Tamburelli e che i criminali li abbiano fronteggiati contemporaneamente, aggredendoli da diverse direzioni.

– I carabinieri hanno già compiuto un sopralluogo con un piccolo inventario di ciò che poteva mancare dalla dimora dei Tamburelli?

– Certo – rispose il magistrato di Tortona – e proprio come si temeva non è stata rinvenuta alcuna traccia di soldi, oro o gioielli: rimane quindi da capire se le vittime potevano custodire denaro oppure oggetti di valore all'interno del cascinale e se questi potrebbero, eventualmente, essere stati sottratti. Abbiamo già informato Giovanni Tamburelli, l'unico sopravvissuto assieme al pargolo, che si trova a Pavia per la leva obbligatoria, il quale tornerà per essere interrogato non appena gli verrà concessa licenza dai propri superiori.

Venne allestito un ufficetto improvvisato nella canonica della chiesa di Castagnola, dove presero avvio le prime deposizioni dei testi. Le testimonianze venivano raccolte dal magistrato Rosari, un affascinante uomo poco più che quarantenne, con i capelli chiari e gli occhi di ghiaccio; accanto a lui, il segretario verbalizzava ogni dichiarazione che veniva raccolta mentre, alla sua sinistra, il magistrato Olmi, un piccolo ometto sulla sessantina, con pochi capelli e due occhi pungenti nascosti dietro a un paio di minuscoli occhialini da vista, ascoltava attentamente, pronto ad intervenire. Alle loro spalle, tre carabinieri avevano il compito di intimorire i testimoni, già paralizzati dalla loro ignoranza, più di quanto da soli non riuscissero gli inquirenti.

Il primo ad essere interrogato fu *Il Merlo*.

– Declinate le vostre generalità, cortesemente.

– Bertella Domenico fu Bartolomeo, nato a Varzi il giorno 5 del mese di febbraio, anno 1813, ammogliato con prole.

– Cosa ci volete dire di quanto accaduto nella notte tra il 27 e il 28 di marzo nel cascinale di Cà di Monte?

– Salivo sul far dell'alba da Caposelva per svolgere la giornata in favore dei Tamburelli, come da accordi presi con Giuseppe. Non fosse altro che, giunto a Cà di Monte, nell'avvicinarmi al cascinale notavo la porta di legno appena accostata. Convinto di incontrare l'uomo già ad attendermi sul terreno destinato alla semina, decidevo di provare a raggiungerlo, ma non trovandolo iniziavo a rastrellare il campo convinto che di lì a poco lo avrei visto arrivare per darmi tutte le istruzioni del caso. Non vedendolo sopraggiungere, decidevo di tornare alla cascina per accertarmi che tutto fosse a posto e nell'approssimarmi all'uscio udivo un pianto di bambino provenire dall'interno. Provavo così a spingere la porta socchiusa, incontrando però un ostacolo all'interno che impediva l'apertura della stessa. Non riuscendo a capire di cosa si potesse trattare, spingevo con più decisione, sempre più preoccupato dai capricci del pargolo e riuscivo ad infilarmi con la testa all'interno, trovandomi davanti agli occhi la drammatica scena: Giuseppe Tamburelli giaceva bocconi sul pavimento con la testa contro alla porta e il suo corpo attraversava diagonalmente quello della giovane moglie Teresa, anch'essa distesa bocconi al suolo. Alzando gli occhi, mi era possibile riconoscere, sullo scranno sul quale abitualmente sedeva, non distante dalla finestra, il corpo senza vita della vedova Tamburelli, con il capo ripiegato su sé stesso verso l'indietro. Tutto intorno era un lago di sangue e notavo subito alcuni attrezzi da lavoro insanguinati appoggiati al muro, non distante dalla culla da cui proveniva il pianto del pargoletto, anch'essa macchiata dal sangue. Correvo così a perdifiato verso Castagnola, incontrando sulla mia strada Giovanni Antonio Cavagnaro, al quale confidavo per primo la trista notizia e insieme al quale mi dirigevo presso l'abitazione parrocchiale di Don Severino Zerba, prevosto di Castagnola.

– Il quale ci ha rivolto la formale denunzia dell'accaduto che ci ha portati qui, in casa sua peraltro, visto che siamo ospitati nella canonica di Castagnola.

– Esatto, unita a quella del sindaco di Gremiasco Severino Giani, sollecitata dal consigliere Cavagnaro.

– Perfetto, voi siete quindi il primo

testimone del fatto. Diteci, Bertella, posto che gli attrezzi insanguinati poggiati sulla parete della cascina parevano già a prima vista quelli utilizzati per compiere l'atroce crimine, ne conoscevate la provenienza? E soprattutto, di quali attrezzi si trattava?

– A mio umile modo di vedere, erano attrezzi di proprietà dei Tamburelli. Non era la prima volta che lavoravo presso di loro e posso affermare con assoluta certezza che nella loro stalla disponessero di simili attrezzi. Trattavasi di due scure, differenti per lunghezza del manico, di quelle che si usavano per rompere la legna; di un tridente, o una forca, chiamatelo come volete, di quelli per raccogliere il fieno e di una normalissima zappa per il lavoro nei campi. Ecco, forse solo riguardo a quest'ultima, onestamente, potrei non garantire con certezza sull'appartenenza ai Tamburelli.

– Quale rapporto, Bertella, intercorreva tra voi e la famiglia di Cà di Monte?

– Un normale rapporto di conoscenza. Io sono un bracciante agricolo e ho spesso lavorato per loro, ogni volta in cui me ne hanno manifestato il bisogno. Conoscevo bene la moglie di Giuseppe, Teresa, in quanto amico fraterno del di lei padre, un uomo di San Pietro Casasco, località sulla via del Pénice. Ma avevo buoni rapporti anche con il marito, gran lavoratore, e con la vedova Tamburelli, una brava donna senza ombra di dubbio.

– Che voi ne foste a conoscenza, Bertella, i Tamburelli erano persone che coltivavano particolari inimicizie? Erano coinvolti in loschi traffici, commerci o altro che possa essere di rilievo per le nostre indagini?

– Che vi posso dire – sospirò *il Merlo* – per quel che li conosco io, ma anche a detta un po' di tutti, qui nei dintorni, i Tamburelli erano persone perbene. Gente religiosa, che si spaccava la schiena dalla mattina alla sera, che aveva tante proprietà attorno a Cà di Monte e che cercava di guadagnarsi, come si dice, il pane lavorando duramente. Non per niente avevano molte disponibilità, questo era quello che si diceva.

– Pensate di averci detto tutto quanto in vostra conoscenza?

Il Bertella disse di sì, che non c'era altro da aggiungere. Stava per congedarsi, quando ricordò un particolare piuttosto importante, che volle portare all'attenzione degli inquirenti.

– Ah, dimenticavo. Non so se questo dettaglio possa essere importante per le vostre indagini, ma pare che la vedova Tamburelli fosse alla ricerca di un surrogante per il figlio minore, che era da poco stato chiamato a svolgere la leva obbligatoria in quel di Pavia. Non so molto di più riguardo a questa circostanza, me ne aveva informato un tale Lorenzo di Caposelva, presso il quale ho svolto qualche giornata di lavoro. Se avrete modo di sentirlo nei prossimi giorni, potrete farvi spiegare direttamente da lui.

– Lorenzo…?

– Non saprei dirvi il cognome, in valle si usa chiamarlo *Lorenzo dell'ospedale di Milano*. Non è di queste parti.

Congedato il Bertella, gli inquirenti proseguirono con gli interrogatori, nella canonica di Castagnola fattasi ormai fulcro di tutte le operazioni, dando nel frattempo ordine di rintracciare questo Lorenzo di Caposelva la cui deposizione pareva essere piuttosto interessante. La sera giunse piuttosto in fretta, così i magistrati e il segretario furono costretti ad arrestare le indagini, per riprenderle l'indomani quando avrebbero avuto di fronte una lunga e intensa giornata di deposizioni. Il 30 marzo, il primo a presentarsi dinnanzi agli inquirenti fu il famigerato Lorenzo.

– Generalità, cortesemente.

– Lorenzo Laballo.

– Età e luogo di nascita?

– Ho vent'anni e sono nato a Milano.

– Milano?

– Esattamente.

– E cosa ci fate da queste parti?

– Lavoro, signor giudice. Non ho mai conosciuto i miei genitori, mi hanno abbandonato alla Pia Casa degli Esposti e delle Partorienti in Santa Caterina alla Ruota di Milano. Una bàlia mi ha cresciuto, quindi ho passato l'infanzia all'orfanotrofio finché una famiglia di Caposelva mi ha adottato, instradandomi al lavoro nei campi.

– Da qui *Lorenzo dell'ospedale di Milano*?

– Esattamente.

– Forza, raccontateci tutto quello che sapete su questa vicenda della surrogazione.

– A dire il vero io non so molto, posso però dirvi di aver visto qualche giorno fa la vedova Tamburelli passare da Caposelva di ritorno dal mercato a Varzi.

– Cosa significa qualche giorno fa, potete essere più chiaro?

– Era venerdì, perché c'era il mercato.

– Quindi venerdì 27 marzo?

– Sì era il 27 marzo, il giorno che poi l'hanno ammazzata.

– Era da sola?

– No non era da sola. Era con *Bortleu* e *Serafinin* del Dego.

– Potete essere più preciso, per favore? Con i soprannomi non si va da nessuna parte, non siamo all'osteria.

Il ragazzo si schermì, rosso in volto.

– Eh dovete aver pazienza ma io parlo sempre in dialetto e faccio fatica…

Il magistrato Olmi prese la parola, spiegando che l'arretratezza culturale di quelle valli era tale per cui, agli inquirenti sarebbe stato richiesto qualche sforzo ulteriore per tradurre i termini dal dialetto all'italiano e per comprendere soprannomi e modi di dire. Ci pensò, in quell'occasione, Don Severino Zerba a togliere dall'impaccio il giovanotto: richiamato in fretta e furia all'interno della canonica, permise di risalire ai nomi dei due accompagnatori della vedova Tamburelli. Si trattava di Ferughelli Bartolomeo e Ferughelli Serafina, due parrocchiani della frazione di Dego.

Tuttavia, il giovane non seppe aggiungere altro se non che i due, unitamente alla vedova, erano di ritorno dal mercato dove pareva avessero avuto degli incontri con persone disposte a prendere il posto di Giovanni Tamburelli, militare in quel di Pavia.

– Provate a chiedere al Morelli di Caposelva – aggiunse *Lorenzo dell'ospedale di Milano*, finendo per innervosire gli inquirenti, che iniziarono a sentirsi circondati da persone che, volutamente, raccontavano solo una piccolissima parte di tutto ciò che sapevano.

Partì immediata la richiesta ai carabinieri di convocare i due Ferughelli, mentre fortunatamente non ci fu bisogno di correre a cercare il Morelli, che stazionava ormai dal giorno dell'accaduto nei dintorni del cascinale, nel capannello di curiosi che si scambiavano impressioni e congetture sull'accaduto.

– Morelli Domenico fu Filippo, da Caposelva.

– Età e professione?

– Ho 34 anni e sono un contadino.

– Il Laballo ci ha fatto il vostro nome in qualità di persona informata sui fatti riguardanti la surrogazione di Giovanni Tamburelli.

– E chi sarebbe mai?

Rosari si spazientì visibilmente allargando le braccia e voltandosi verso il collega di Bobbio, che osservava attento.

– Sentite Morelli, non abbiamo del tempo da perdere. Se volete farci credere di non conoscere nemmeno la famiglia dei Tamburelli sparite immediatamente dalla mia vista prima che sia troppo tardi!

– No signor giudice, non ci siamo capiti. Chi sarebbe costui che ha fatto il mio nome?

Rosari sollevò gli occhi al cielo e Olmi intervenne in sua vece.

– *Lorenzo dell'ospedale di Milano.*

– Ah, sì. Ma prima non l'avevate mica

chiamato col suo nome...

– Vogliamo proseguire? – tuonò Rosari con i pugni stretti e gli occhi fuori dalle orbite.

– Certo, certo... cosa volevate sapere?

– Della vicenda della surrogazione! – alzò la voce il magistrato Olmi, lanciando in seguito un'occhiata al collega quasi a volersi scusare per aver perso la pazienza, precedendolo nella risposta. Rosari strizzò l'occhio in segno di intesa.

– Ecco, sì, ormai da qualche mese il Giovanni Tamburelli aveva ricevuto la cartolina con la chiamata alla leva da svolgere in quel di Pavia e la famiglia era in difficoltà perché il padre era morto da poco, un altro figlio qualche anno prima e loro, disponendo di molte terre e bestie, avevano paura di non farcela a portare avanti tutto. Poi il figlio più grande, Giuseppe, era appena diventato padre e allora doveva stare un po' attento anche al bambino, insomma... avevano bisogno di due braccia in più che lavorassero in famiglia.

– Bene. E da qui l'idea di ricercare un sostituto.

– Sì, la vedova Tamburelli stava cercando

una persona che prendesse il posto del figlio e si stava informando in giro per capire se ce l'avrebbe fatta a trovare qualche sostituto, ovviamente pagando tutto quello che c'era da pagare eh...

– Ah, attraverso una surrogazione quindi.

– Eh sì, mi sembra che si chiami così.

– Insomma, i Tamburelli avevano dei soldi in casa.

– Sì, e nemmeno pochi. La vedova mi aveva parlato di duemila lire, già pronte per chi avesse preso il posto di suo figlio Giovanni a Pavia. Ora che mi ricordo, mi aveva anche detto di essersi incontrata, lo scorso mercoledì, con un certo *Giuseppin*, che si era dichiarato disponibile a procurarle un giovane sostituto.

– Finalmente qualche informazione nuova! – sentenziò il giudice. – Proseguite, Morelli.

– L'uomo era salito a Cà di Monte verso metà mattina e qui si era fermato fino al primo pomeriggio, almeno così mi aveva raccontato la vedova. Quel giorno si trovava a casa da sola con il nipotino, perché il figlio e la nuora si erano dovuti spostare per sbrigare alcune faccende e lei e quell'uomo avevano discusso a lungo della cifra necessaria per concludere l'affare, senza però trovare ancora un accordo definitivo. Il *Giuseppin* voleva più soldi, e le aveva indicato il nome di un suo conoscente, che di mestiere faceva l'allevatore, che avrebbe potuto incontrare il successivo venerdì al mercato a Varzi per vendergli una coppia di buoi in modo da ricavarne il massimo guadagno possibile, ossia quello che sarebbe servito a lui per chiudere l'affare.

– Interessante, Morelli. Non vi avrei dato molto credito inizialmente ma devo dire che ci avete fornito delle notizie interessanti. Se riusciste a darci qualche informazione in più su questo *Giuseppin* sarebbe davvero il massimo.

Il Morelli sorrise ma tornò subito pensieroso.

– Questo *Giuseppin* dovrebbe essere un tizio di Bognassi, almeno così mi pare di ricordare e so per certo che anche lui si era dato appuntamento con la Tamburelli al mercato per quel venerdì. Di più però non so dirvi, dovete avere pazienza: non lo conosco, altrimenti vi avrei detto subito di chi si poteva trattare.

– E' più che sufficiente. Solo una cosa, prima di lasciarvi andare: ci potete confermare che i Tamburelli erano persone perbene, lavoratori seri, senza inimicizie o questioni poco chiare in sospeso?

Il Morelli, che si stava alzando, tornò comodo sulla seggiola.

– Brava gente di sicuro, lavoratori assolutamente. Inimicizie non saprei, ma qualche pasticcio l'han fatto anche loro.

Rosari sobbalzò sulla sedia.

– Vorrei che foste più chiaro, per favore.

– C'era un certo Rivabella che dimorava presso Cà di Monte e con i Tamburelli era solito fare commerci, affari anche loschi. Aveva lavorato per qualche tempo presso di loro e gli aveva anche venduto degli attrezzi rubati ad altri, probabilmente la refurtiva di qualche suo precedente colpo. Si diceva che dai Tamburelli ricevesse ospitalità, ma non è dato sapere quanto questa ospitalità fosse genuina oppure imposta dall'uso della violenza: quel Rivabella era un bandito, aveva combinato qualcosa nelle pianure del tortonese, luogo da cui proveniva e così cercava di sfuggire alla forca. Non saprei cos'altro aggiungere…

Rosari e Olmi si scambiarono uno sguardo di approvazione, mentre il verbalizzante cercava di non perdersi nemmeno una singola parola tra quelle pronunciate dal Morelli.

– Credete che ci sia qualcuno, da queste parti, in grado di darci maggiori informazioni su questo Rivabella?

– Provate a chiedere di un contadino di Castagnola, Desiderio Zerba. Lui ci aveva avuto a che fare, col Rivabella: niente di pericoloso o vietato dalla legge, eh, sia chiaro! Che non vorrei infilarlo in mezzo a qualche pasticcio… – concluse sorridendo.

Congedatosi il Morelli, venne il turno di Serafina Ferughelli, che con la vedova Tamburelli aveva condiviso il viaggio a Varzi.

– Prego, accomodatevi. Le vostre generalità, per cortesia.

– Ferughelli Serafina fu Carlo.

– Moglie di Ferughelli Bartolomeo fu Carlo?

– Esattamente.

– Bene, dovremo poi parlare anche con vostro marito. Raccontateci, che rapporto avevate con la famiglia Tamburelli?

– Mah, con i Tamburelli il rapporto era buono, erano persone di chiesa, ben volute da tutti. Ci si aiutava, noi stiamo al Dego, loro stavano a Cà di Monte, dieci minuti a piedi, si cercava di darsi una mano tra tutti.

– Voi siete una delle ultime persone ad aver visto la vedova Tamburelli in vita. Venerdì eravate insieme, giusto?

– Sì, venerdì ci siamo incontrate al mercato a Varzi. Io ero con mio marito, mentre lei mi disse che si era data appuntamento per quel giorno con un tizio di Bognassi, *Giuseppin* lo chiamava, per la sostituzione del figlio Giovanni.

– Bene. Potete raccontarci qualcosa di più sul rapporto tra la vedova Tamburelli e questo *Giuseppin*? Chi è innanzitutto costui?

– Non saprei, io non l'ho mai sentito nominare. Posso dirvi che la Tamburelli cercava ormai da qualche tempo un ragazzo di buona volontà che potesse prendere il posto di Giovanni alla leva obbligatoria a Pavia, perché morendole prima un figlio, poi il marito, e diventando padre Giuseppe, aveva bisogno di qualcuno che l'aiutasse nelle faccende contadine visto che lei cominciava a diventar vecchia. In valle si sapeva questa cosa perché lei si dava un gran da fare nel cercare a destra e a manca, pareva proprio risoluta nel volersi riportare a casa il figlio, anche a costo di spendere dei gran soldi. Così, quando si cominciò a sapere in giro che era disposta a pagare, e anche bene, qualcuno iniziò a farsi avanti, come questo tale di Bognassi, che le disse di conoscere un ragazzo che poteva fare al caso suo. Si recò personalmente a Cà di Monte per discutere i dettagli dell'affare e tutto sembrava doversi concludere positivamente perché la volontà c'era da entrambe le parti: c'era solo un problema di denaro, perché il *Giuseppin* voleva tremila lire mentre lei ne aveva disponibili in casa solo duemila, questo me lo raccontò proprio la donna. Così *Giuseppin* la convinse a pensarci su qualche giorno, dicendole che se avesse accettato di pagare le tremila lire, lui avrebbe potuto farle guadagnare le mille mancanti attraverso la vendita di un paio di bestie ad un suo conoscente: unicamente, si sarebbero dovuti trovare quel venerdì al mercato di Varzi per sistemare il tutto.

– Ma quel venerdì, la vedova Tamburelli
e il *Giuseppin* si incontrarono oppure no?

– Quel giorno la Tamburelli concluse la
vendita dei buoi alla persona indicatale
dall'uomo e intascò le mille lire mancanti, ma
che io sappia con il *Giuseppin* non si incontrò,
perché lo stava ancora cercando mentre era con
me e mio marito.

Rosari e Olmi tenevano gli occhi fissi
sulla contadina, e di tanto in tanto sembravano
cercarsi con lo sguardo come per accertarsi che
stessero pensando alle stesse cose.

– Quando vi siete incontrate la Tamburelli
aveva già intascato il denaro?

– Certamente, lo aveva con sé. Tanto che
pretese di pagare il conto ma io e mio marito non
glielo consentimmo.

– Quale conto?

– Ci fermammo a mangiare qualcosa
all'osteria, poiché si era fatto tardi e mio marito
non se la sentiva di proseguire a piedi fino al
Dego senza mettere prima qualcosa in pancia.
Diceva che si sentiva le gambe molli e gli veniva
scuro davanti agli occhi…

– Chi pagò quel conto?

– Lo pagai io personalmente, con i soldi di mio marito. Fu un pasto piuttosto tormentato – disse la donna con un abbozzo di sorriso.

– Un pasto tormentato? E per quale motivo? – Olmi sembrava colpito da quel dettaglio apparentemente insignificante uscito dalla testimonianza della Ferughelli e si intromise nel colloquio.

– Vedete, quello era un venerdì di quaresima, quindi s'aveva da mangiare di magro. Ordinammo tre zuppe, ma ci vennero servite con il formaggio: mio marito, per non sollevare questioni, fece finta di nulla e la mangiò ugualmente, ma a me non è che andasse molto di contravvenire in quel modo ai doveri della fede. La Tamburelli, invece, proprio si impuntò. Così chiedemmo che ci venisse servita con il vino e ci furono alcune discussioni con la moglie dell'oste, che non fu propriamente gentile, ecco, anche se poi alla fine ce la servì ugualmente. Fu spiacevole, perché ci derise pubblicamente con il resto degli avventori, dicendo che la nostra era null'altro più di una becera superstizione e la Tamburelli non la prese bene: e non sto a dirvi quanti insulti arrivarono dalla cucina!

– Addirittura!

– Una caterva di bestemmie, avreste dovuto sentire! Pronunciate non so dirvi da chi, la voce era quella di un uomo. Fatto sta, che al momento di saldare la nota, mentre io mi avvicinavo per pagare, vidi la Tamburelli dirigersi verso la cucina, dove rimase per alcuni minuti, tanto che dovemmo attenderla prima di lasciare l'osteria e fummo colti dal timore che la donna avesse voluto rivangare la discussione avuta poco prima e la maleducazione dei titolari. Solo dopo, lungo la via del ritorno, ci confidò di essere entrata in cucina per chiedere aiuto e, incontrato un ragazzo, che doveva essere il figlio dell'oste, gli aveva domandato se conoscesse questo *Giuseppin* di Bognassi, che quel giorno aveva cercato vanamente per il mercato. Il giovane le chiese se era in grado di descrivergli questo personaggio ma la Tamburelli, che non era di certo molto attenta ai particolari, non seppe fornirgli chissà quale aiuto, limitandosi a dirgli che era un uomo piuttosto alto e robusto. Così, nell'impossibilità di individuare quell'uomo, di fronte alla curiosità del giovane, la donna gli raccontò della sua ricerca di un surrogante, chiedendogli se poteva in qualche modo aiutarla.

– Scusate, posso sapere di quale osteria state parlando? – domandò ancora Olmi.

– Dell'osteria di *Pipòn*, la bettola che si trova al principio di Varzi dalla parte di ponente.

– Ah! Non di certo il luogo migliore dove andare a raccontare i fatti propri! – disse il magistrato con un'espressione pensierosa. – Cosa potete invece raccontarci riguardo al viaggio di ritorno?

– Nulla di particolare. Mi pare di ricordare che lungo la strada del ritorno, la Tamburelli fosse piuttosto preoccupata per la ricerca del sostituto e che ce lo avesse, a me e mio marito, rimarcato ancora una volta, come se non volessimo aiutarla. Ma ci fosse stato qualcosa in nostro potere lo avremmo fatto, quello era certo: non era per cattiveria, ma proprio non avremmo saputo a chi rivolgerci.

– In che senso preoccupata? – chiese Rosari.

– E come faccio a spiegarvi... dalle nostre parti diciamo *sagrinata*...

– Afflitta – precisò Olmi.

– Ecco… ci disse che aveva in casa una zappa che sarebbe stata la sua condanna, come se sapesse che di lì a poco l'avrebbero ammazzata.

– Tutto questo è inquietante – si lasciò scappare Olmi, con sguardo sottile.

Rosari si prese la testa tra le mani e iniziò a scuoterla.

– Inizio a non capirci più niente! – disse congedando la signora Ferughelli.

La donna lasciò il posto al marito Ferughelli Bartolomeo, detto *Bortleu*, il quale confermò, nella sostanza, tutto quanto affermato dalla moglie, aggiungendo tuttavia qualche piccolo, ma interessante dettaglio.

– Signor Ferughelli, vostra moglie ci ha spiegato dell'incontro di venerdì al mercato con la vedova Tamburelli.

– Potreste parlare un po' più forte per piacere? Sono mezzo sordo e non capisco.

Rosari alzò la voce, ripetendo la domanda.

– Venerdì eravate al mercato di Varzi con la vedova Tamburelli?

– Sì, eravamo al mercato io e mia moglie

Serafina e abbiamo incontrato la Tamburelli che cercava questo *Giuseppin* di Bognassi. Doveva parlargli per la questione del figlio, per farlo sostituire alla leva obbligatoria, ma non trovandolo, ci chiese se per caso l'avessimo visto. Ma io non lo conoscevo questo tizio qui! Poi, siccome mia moglie doveva comprare del fustagno, le abbiamo chiesto di accompagnarci fino alla bottega di Giacomo Torlaschi, magari lungo la strada avremmo potuto incontrarlo. Lei ci accompagnò al negozio ma anche all'uscita, del *Giuseppin* non c'era nessuna traccia, così pensammo di dirigerci verso casa.

– A noi risulta che vi siate fermati a pranzare all'osteria – intervenne Olmi.

– Come?

– Ci risulta che prima di andare a casa vi siate fermati all'osteria di *Pipòn*!

– Sì, sì, adesso ci sarei arrivato. Non mi andava di salire digiuno fino a casa e allora, imboccata Porta Sottana, ho chiesto alle due donne di fermarci all'osteria che si trova all'imbocco di Varzi dalla parte di ponente, che era di strada per raggiungere Dego.

– E la zuppa vi fu servita col formaggio o

senza? – fece Olmi, alzando il tono della voce.

A *Bortleu* scappò da ridere e così facendo, rivelò l'unico dente che aveva ancora in bocca.

– Le donne son tremende. Io l'avrei anche mangiata quella minestra col formaggio, anche se era un venerdì di Quaresima, insomma… se sei a casa tua fai quello che vuoi, ma all'osteria non mi andava di far delle parole. Invece loro si impuntarono, e se la fecero servire col vino. La moglie dell'oste, mica per niente donna pure lei, non la prese affatto bene e alla fine volò qualche parola di troppo, anche per l'ora tarda, ma essendo io sordo come una campana non saprei dirvi molto di più. Parevano tutte indiavolate!

– Chi pagò il conto?

– Io, io. Ma mandai mia moglie perché non sentendoci molto, ho sempre il timore di non comprendere bene e di farmi raggirare da qualche furbacchione.

– Qualche furbacchione come *Pipòn*? – domandò Olmi.

– Ehh… – fece il Ferughelli con un'espressione più che eloquente. – Ma quel giorno non lo vidi: strano, perché io ogni tanto passo nella sua locanda e all'ora di pranzo, a servire i clienti, di solito c'è lui.

– Ah l'oste non era presente?

– Non mi è parso di averlo visto.

– E la Tamburelli non pretese di saldare la nota?

– Certamente, con i soldi che aveva racimolato al mattino per la vendita dei buoi. Ma siccome doveva destinarli alla surrogazione del figlio, mi impuntai. Così lei si infilò in cucina per domandare ai titolari se conoscessero quel tizio di Bognassi, quel *Giuseppin*.

– Che voi sappiate, la Tamburelli potrebbe aver parlato nell'osteria della sua elevata disponibilità economica? – incalzò il magistrato Olmi.

Bortleu tese la mano vicino all'orecchio.

– Non capisco, io sono vecchio e sordo...

– Ascoltatemi bene, ve lo ripeto più forte: – fece Olmi cercando quasi di cavare le parole dalla bocca del testimone – siete sicuro che la Tamburelli non si sia lasciata scappare, in osteria, di essere in cerca di un sostituto per il figlio e di avere in casa tutti quei soldi?

– Finché è rimasta con noi, non ne ha parlato con nessuno che io sappia.

– E quando è entrata in cucina?

– E chi può dirlo! – fece *Bortleu* sollevando le spalle.

– La donna non potrebbe per caso aver parlato con *Pipòn* in cucina?

– Dovrebbe aver parlato col figlio, questo almeno è quello che ha detto a noi lungo la strada del ritorno, ma solo della sua vana ricerca di quel tizio di Bognassi.

– Vostra moglie poco fa ha invece affermato che la donna, incalzata dalla curiosità del giovane, gli avesse infine rivelato della sua ricerca di un surrogante.

– Se è così si vede che non ho ben compreso, ve l'ho detto che sono sordo…

Nonostante nella mente di Olmi crescessero i sospetti, cercò di accatastarli in un angolo.

– Quindi vi siete diretti verso Dego.

– Esatto. A dire il vero la Tamburelli si fermò a Casa Bertella dalla Francesca Frattini per consegnarle delle lenticchie che aveva comprato al mercato, poi ci raggiunse a passo spedito e venne con noi al Dego, a vedere le sue bestie.

– Quali bestie? – domandò uno stupito Rosari.

– Ci aveva chiesto il piacere di tenerle qualcuno dei suoi manzi, che erano poi i più belli, quelli che aveva appena venduto all'allevatore che sarebbe poi venuto a prenderseli, perché temeva di esserne derubata da un tizio che ospitava nella stalla a Cà di Monte.

– Rivabella? Il bandito?

– Proprio lui. Aveva paura di quell'uomo, temeva che potesse farla fuori per derubarla dei soldi. Disse che non si fidava a tenerselo in casa, ma che il figlio aveva bisogno del suo aiuto nei campi. A me però il figlio aveva raccontato di essere stato minacciato con un coltello dal bandito, che da allora girovagava per le valli e tornava a Cà di Monte solo per dormire, la notte.

Rosari e Olmi si scambiarono un'occhiata di intesa, prima di tornare ciascuno a guardare in direzioni opposte.

Ora più che mai bisognava trovare quel bandito, e per farlo era necessario chiamare a testimoniare il contadino Desiderio Zerba, che era stato indicato dal Morelli come uno dei più informati sul personaggio del Rivabella e che venne convocato per il giorno seguente.

– Buongiorno, mi chiamo Zerba Desiderio fu Agostino.

– Buongiorno signor Zerba. Dove siete nato?

– Sono nato in val Curone, a Brignano Frascata, ma vivo a Castagnola.

– Dalle testimonianze di chi vi ha preceduto, è emerso che siete un conoscente del signor Rivabella, è esatto?

– Sì, sì lo conosco. Ma lo conosco per modo di dire... lui non è di queste parti, è venuto qualche volta a darmi una mano a zappare la terra, quando aveva bisogno di lavorare.

– Bene, non è di queste parti. Sapreste dirci da dove proveniva e descrivercelo anche solo sommariamente?

– Mi sembra che arrivasse da Sale, nel tortonese. Era un uomo sulla quarantina, piuttosto piccolo di statura, con un bel barbone e pochi capelli rossicci.

– Qual è il suo nome esatto, innanzi tutto?

– Rivabella Pietro.

– E perché mai arrivò in queste zone?

– Dicevano, dicevano eh, che avesse tirato una coltellata nella pancia a uno nel mezzo di una baruffa, giù in pianura, che questi in seguito fosse morto e che allora lui fosse scappato facendo perdere le sue tracce, per non incorrere nella forca. Si era nascosto su di qui come fanno molti scappati di casa, che sanno che nei nostri boschi possono farla franca, ma a differenza di tanti altri era uno che provava a vivere anche abbastanza onestamente...

– Ed era arrivato a Cà di Monte...

– Viveva nella stalla dei Tamburelli, questo ve lo posso dare per certo. Lavoricchiava qua e là, quando sapeva che qualcuno aveva bisogno di due braccia forti per le faccende contadine, ma non è che lavorasse poi così bene. Non aveva molto senso, diciamo, nei mestieri agricoli, io stesso non posso parlarne benissimo, ecco.

– Che voi sappiate, tra il Rivabella e i Tamburelli si concludevano affari loschi, commerci poco chiari?

– Questo non lo so – si schermì il contadino. – I Tamburelli erano bravi cristiani, non credo che si mettessero a far commerci con una mezza *ligèra* come quello lì.

– Se gli permettevano di nascondersi nella loro stalla non saranno stati proprio dei santi. – sbottò Rosari – Sentite, Zerba, vi risulta per caso che il Rivabella fosse a conoscenza della disponibilità economica eccezionale, chiamiamola così, della vedova Tamburelli per far fronte alla surrogazione del figlio militare a Pavia?

– Allora, sì, proprio pochi giorni fa avevo incrociato il Rivabella poco fuori Castagnola e ci eravamo fermati a far due chiacchiere. Mi disse che era da quella mattina che presso Cà di Monte si trovava un tizio che avrebbe dovuto fare da tramite con il ragazzo che avrebbe sostituito alla leva obbligatoria il figlio minore dei Tamburelli. Li aveva uditi nei loro discorsi perché si erano fermati a parlare proprio davanti alla stalla e mi disse che, da quello che aveva sentito, la vedova doveva disporre in casa di circa duemila lire da destinare alla sostituzione del figlio.

– Ah, quindi Pietro Rivabella sapeva.

– Certo, certo. Che sapesse ne sono sicuro.

– Vi ha per caso fatto qualche commento

circa questa disponibilità di danaro?

– Mi disse solo che duemila lire erano davvero molte, e che con quelle monete ci si sarebbe potuto campare per lungo tempo. Non mi disse nulla di più.

Rosari e Olmi si scambiarono un fugace sguardo d'intesa.

– Sapreste darci qualche informazione sul tizio che il Rivabella ha avvistato presso Cà di Monte? Poteva forse trattarsi di questo *Giuseppin* a cui alcune testimonianze hanno fatto riferimento?

– Non saprei dirvi, il Rivabella non mi ha detto chi fosse quell'uomo. Presumo che non lo conoscesse, perché altrimenti mi avrebbe detto di chi si trattava – disse lo Zerba. – Ricordo solo che mi riferì che era vestito di scuro, e non alla foggia dei contadini tanto che pensava fosse un commerciante.

– Ma voi questo *Giuseppin* di Bognassi lo conoscete?

Lo Zerba rimase assorto per un istante.

– Mah, io a Bognassi conosco quasi tutti ma non mi ricordo nessuno che di nome faccia *Giuseppin*…

I magistrati si guardarono confusi.

– Dove si trova adesso il Rivabella? Nella stalla, che è stata perquisita ancora ieri, non vi è traccia di alcuna persona, né sono presenti oggetti riconducibili a qualcuno che non siano i Tamburelli.

– Io questo non posso saperlo, – disse con un filo di voce, quasi a scusarsi per non poter essere d'aiuto oltre modo – mi dispiace. Io comunque, sebbene sull'innocenza del Rivabella non ci metterei la mano sul fuoco, vi consiglierei di non essere così sicuri della sua colpevolezza perché non mi ha dato l'impressione di avere idee strane in testa. Ce ne sono parecchi di sbandati che girano queste valli, e nemmeno tutti arrivano da lontano: guardate anche tra quelli del posto….

– Magari dalle parti di Varzi, in qualche osteria nevvero? – intervenne Olmi con un sorrisetto ironico, al quale lo Zerba fornì riscontro con un impercettibile segno di intesa. Il magistrato, che bene conosceva il territorio varzese poiché da tempo vi prestava servizio, aveva ottenuto delle importanti informazioni dalle ultime testimonianze e, congedato l'anziano, si confrontò col collega Rosari avanzando le prime ricostruzioni dell'accaduto.

– Che Rivabella c'entri qualcosa appare fuor di dubbio – disse Rosari – altrimenti non avrebbe fatto perdere così tempestivamente le proprie tracce!

– Sicuramente il primo pensiero corre a lui. – sottolineò Olmi – Ma se poi, trovatosi di fronte al fatto compiuto, avesse pensato di andarsene sicuro che se fosse rimasto sarebbe stato il primo dei sospettati? Pensiamole tutte, collega, non mi sento di escludere nemmeno qualche strano consorzio tra banditi venuti da fuori e sbandati del luogo. Le parole dei Ferughelli mi hanno messo in testa una strana idea, quella che anche l'oste *Pipòn* possa esser coinvolto in questa faccenda: a Varzi il suo nome non è nuovo a simili imprese, anche se deve godere di qualche santo in paradiso perché ogni volta trova il modo di scamparla.

Rosari tradì una smorfia.

– Non facciamoci prendere dalla fretta, in fondo sono passati solo pochi giorni: le indagini saranno ancora lunghe, ma nulla mi può togliere dalla testa che questo Rivabella c'entri in qualche modo. Dobbiamo trovarlo!

– E dobbiamo trovare il suo complice –
gli fece eco il collega di Bobbio.

– Il mio fiuto, se non mi tradisce, mi
suggerisce che *Giuseppin* di Bognassi potrebbe
esser il complice di Rivabella: i due avrebbero
potuto essersi accordati per far fuori i Tamburelli
e spartirsi il bottino.

– Peccato che di questo *Giuseppin*
nessuno sappia dirci qualcosa – rispose Olmi. –
Basterebbe risalire almeno alle sue generalità per
poterlo convocare e farsi fornire la sua versione
dei fatti…

Rosari, che non aveva una grande
conoscenza del territorio sul quale si era
verificato il crimine, stanco di dover chiedere
ogni volta indicazioni al collega Olmi per
orientarsi tra quelle oscure vallate, chiese di
poter disporre di una mappa della zona. Tuttavia,
esaudire la richiesta del giudice non fu semplice
e alla fine toccò a don Severino prendersi la
responsabilità di ricostruire, attraverso uno
schizzo su di un foglietto, la cartina di
quell'angolo di appennino.

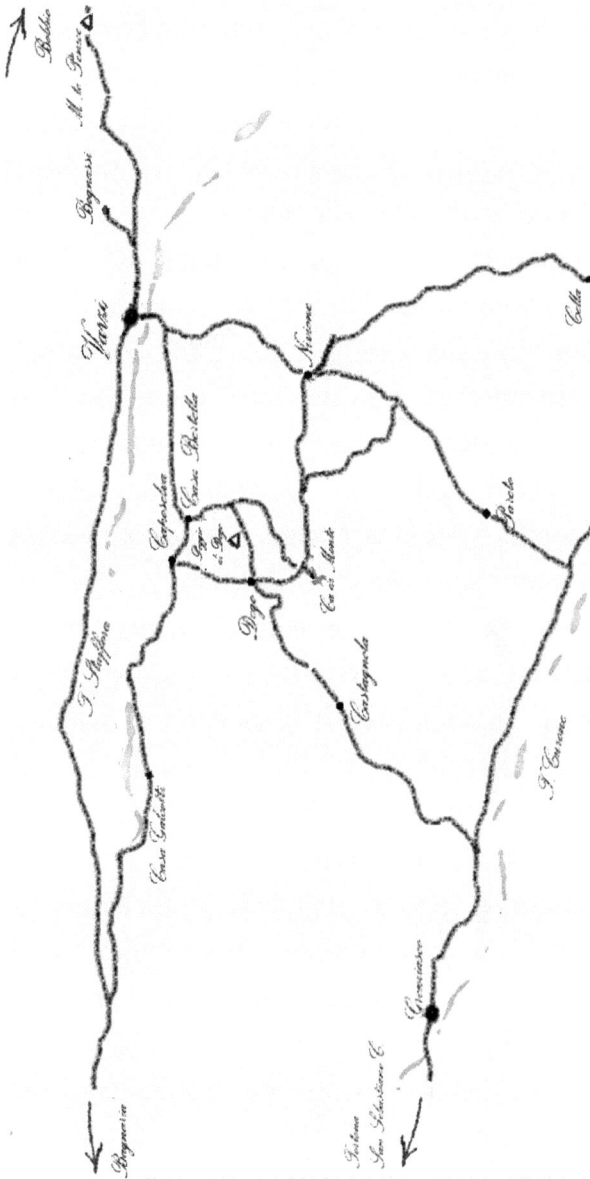

L'utilità della rappresentazione abbozzata dal parroco venne testata immediatamente, perché di lì a poco, entrò in canonica uno dei carabinieri che sorvegliava il cascinale di Cà di Monte portando con sé una borsa di tela bianca insanguinata. Era stata rinvenuta dal fratello della nuora della Tamburelli, il quale l'aveva notata in una vigna tra Casa Bertella e Caposelva, mentre saliva verso Cà di Monte nei giorni seguenti il delitto. Gli inquirenti la sottoposero ad alcuni testimoni, che la riconobbero per la borsa che utilizzava la vedova Tamburelli per trasportare il denaro.

– Se la borsa è stata rinvenuta lungo la mulattiera tra Casa Bertella e Caposelva, appare fuor di dubbio che il presunto assassino, il bandito Rivabella e il suo complice, che ipotizziamo essere *Giuseppin*, debbano essersi spostati nella direzione di Varzi dopo aver commesso il fatto. E' da quelle parti che bisogna cercarli! –fece un sempre più convinto Rosari, spostando le lunghe dita sul bozzetto realizzato dal sacerdote.

– Ebbene sì. E' da quelle parti che bisogna cercare – fu l'innocua, ma solo in apparenza, correzione del magistrato Olmi.

Dopo giorni di ricerche, gli inquirenti riuscirono finalmente a risalire al famoso bandito Rivabella, rinvenuto mentre si spostava a piedi con il suo sacco in spalla, e senza più la zappa, in direzione di Cà di Monte. I carabinieri di San Sebastiano Curone lo fermarono e lo condussero alla canonica della chiesa di Castagnola, dove entrò tra i commenti dei curiosi che da qualche giorno occupavano il prato adiacente l'ingresso. L'uomo indossava un paio di pantaloni di fustagno, una giacca scura di panno con i bottoni e portava in capo un berretto grigio scuro che faceva ancor di più risaltare il contrasto con la sua barba vermiglia. Non aveva indubbiamente la faccia di un brav'uomo.

– Chi è costui? – dicevano i più – Io non l'ho mai visto!

– Ma è quel bandito che viveva dai Tamburelli, – interveniva allora qualcuno – quello che dicevano fosse scappato. Si vede che l'han preso, chi volete che sia se non quella *ligèra*…

Il Rivabella entrò nella canonica quando

davanti ai magistrati non sedeva nessuno e venne immediatamente condotto all'interrogatorio. Rosari, vedendolo, non riuscì a trattenere l'entusiasmo per avere finalmente trovato quello che, secondo lui, era il più grande indiziato dell'eccidio di Cà di Monte e si complimentò personalmente con i carabinieri, mentre il bandito osservava la scena con occhi stralunati.

– Declinateci le vostre generalità – esordì Rosari con tono solenne – ovviamente quelle reali e non quelle che vi siete attribuito per nascondervi in mezzo alle montagne!

– Io di nome ne ho uno solo: Rivabella Pietro fu Giovanni Battista – disse l'uomo. – Nato a San Secondo Parmense e residente a Sale di Tortona.

– Età?

– Ho quarant'anni.

– Cosa ci fate da queste parti?

– Sono un bracciante agricolo.

– Un bracciante che parte dalle pianure del tortonese, notoriamente piene di terre da coltivare, per venire a lavorare in mezzo a queste montagne, non male come scusa per sfuggire dalla forca.

– Io sono un lavoratore – fece l'uomo – e non so di cosa diavolo state parlando.

– Ci risulta che voi dobbiate scontare una condanna per aver inferto una coltellata ad un uomo durante una rissa. Ce lo hanno confermato in molti, tra quelli che sono passati qui davanti.

– Lo nego nel modo più assoluto.

– Bene, questo lo verificheremo. Ora scriveremo ai carabinieri di Sale e lasceremo che siano loro a dirci se siete voi la persona che stavano cercando, ma ci interessate per un altro motivo: cosa sapete dirci della famiglia Tamburelli?

– E chi sarebbero costoro?

In un impeto d'ira, il giudice Rosari picchiò un secco pugno sul tavolo e alzò la voce. – State bene attento a ciò che dite, farabutto che non siete altro – disse al Rivabella puntandogli il dito indice – già in molti ci hanno confermato che avete vissuto a lungo nella stalla dei Tamburelli quindi badate bene di non mentire!

Il bandito abbassò gli occhi e cambiò rapidamente versione.

– Brava gente, non posso parlarne male. Ho lavorato per loro diverse volte e anzi, quando sono stato fermato e condotto dinnanzi a voi stavo per l'appunto andando verso Cà di Monte.

– A fare cosa? – lo incalzò Rosari.

– Dai Tamburelli, eravamo intesi che avrei lavorato per loro nei prossimi giorni.

– E dove, al camposanto forse? I Tamburelli sono stati trucidati!

Rivabella strabuzzò gli occhi.

– Non fate quell'espressione da santerellino. Dov'eravate la sera del 27 marzo?

Il Rivabella rimase per un attimo a pensare, faticando a ricostruire i suoi spostamenti.

– A Garbagna! – fece dopo qualche istante, non troppo sicuro.

Rosari scoppiò a ridere.

– Non dovete per forza risponderci qualcosa, nominando il primo paese che vi viene in mente! E cosa avreste mai dovuto fare a Garbagna, nome che peraltro nemmeno vedo su questa mappa?

– Garbagna non è da queste parti – intervenne Olmi, facendo segno al collega di lasciar perdere la cartina disegnata da don Severino.

– Lavorare. – disse il bandito – Alloggiavo all'Osteria del Cervo, il proprietario è un mio conoscente. Chiedete a lui se non mi credete!

– Non ci interessano le testimonianze dei vostri amici – fece ruvido Rosari – che diranno sicuramente cose che avranno prima concordato con voi! Sapevate benissimo della custodia, da parte della vedova Tamburelli, dei soldi da destinare alla surrogazione del figlio militare!

– E' vero, lo sapevo. Ma questo che significa?

– Significa che i Tamburelli li avete trucidati voi per appropriarvi di quei dannati soldi!

– Ma non scherziamo!

– Voi insieme a *Giuseppin* di Bognassi!

– E chi sarebbe costui?

– Dovete dirmelo voi!

– Io non lo conosco affatto.

– E' l'uomo con cui avete spartito la refurtiva dell'eccidio!

– Questo lo dite voi!

– Chiederò immediatamente al Procuratore del Re l'autorizzazione al vostro fermo. Vi sbatterò in cella finché non sarete costretto a confessarmi il terribile crimine che avete commesso! E vedrete che allora, la condanna che dovete scontare in pianura sarà nulla in confronto a questa! – inveì Rosari, rosso in volto, mentre Olmi, seduto accanto a lui, ascoltava impassibile.

– Chiedo che vengano chiamati a testimoniare i carabinieri di Garbagna – disse con calma il Rivabella. – Loro potranno confermarvi che la sera del 27 marzo mi trovavo presso di loro.

Rosari guardò il bandito con espressione di superiorità.

– Voi non sapete più dove cercare scuse! – gli disse con disprezzo.

Il Rivabella venne trattenuto nella canonica di Castagnola in una stanza adibita a carcere provvisorio, mentre partirono due missive indirizzate, rispettivamente, ai carabinieri di Sale e ai carabinieri di Garbagna.

– L'hanno preso! – dicevano a Castagnola, al Dego e a Varzi. – E' quel farabutto che si spostava col sacco in spalla a saccheggiar cascine!

– Ha ammazzato i Tamburelli con la zappa che ha rubato nell'ultima stalla dove aveva dormito, prima di arrivare a Cà di Monte!

– Si dice che i soldi li abbia già messi al sicuro, e che pur avendolo preso, non siano riusciti a cavargli fuori il becco d'un quattrino! Avrà già sperperato tutto in donnacce e osterie!

Le voci si spargevano a macchia d'olio e sul Rivabella sembravano addensarsi sospetti sempre maggiori, ogni giorno che passava. Gli inquirenti lo interrogarono ancora il giorno immediatamente seguente.

– Allora, avete pensato alla confessione? – gli disse Rosari con il tono di chi è sicuro di avere il coltello dalla parte del manico.

– La verità ve la daranno i carabinieri di Garbagna – rispose serafico il Rivabella.

– Avete una fede incrollabile – disse il magistrato – se pensate che i carabinieri di Garbagna vi possano salvare dalla forca. Sono dispiaciuto di aver dovuto sprecare un foglio di carta e dell'inchiostro di fronte a cotanta evidenza, ma penso di averlo fatto per una buona causa.

– Vedrete – disse calmo il bandito.

– Ricordate bene – fece Rosari – che oltre a confessare, dovete anche dirci chi c'era con voi e dove avete nascosto il bottino. Non ci accontenteremo di una confessione parziale, alla forca dovete finirci entrambi e quando voi e questo *Giuseppin* sarete appesi, i soldi di quella povera famiglia dovranno essere su questo tavolo, pronti ad essere restituiti ai superstiti.

Il Rivabella continuava a non collaborare e gli inquirenti, seppur convinti di averlo ormai in pugno, brancolavano nel buio più totale circa il nome del complice, riguardo al quale non avevano avuto imbeccate da alcun testimone. Per crearsi un'alternativa all'introvabile *Giuseppin*, provarono a concentrare le attenzioni su di un altro bandito che stazionava nei dintorni, sulle montagne di Varzi in direzione dell'alta valle Stàffora, ma non riuscirono nemmeno a convocarlo perché la sua presenza in quel luogo venne tassativamente esclusa da un testimone, che si trovava con lui la sera del 27 marzo.

Nei giorni successivi, i carabinieri di Sale risposero alla lettera loro indirizzata scrivendo che Rivabella Pietro era ricercato per un accoltellamento risalente ad alcuni mesi prima;

tuttavia, si rimettevano all'accertamento delle sue responsabilità per questo più grave fatto, rimanendo in attesa di informazioni su come procedere.

– E una! – disse vittorioso Rosari, leggendo al Rivabella la risposta dei carabinieri di Sale che confermava la sua colpevolezza.

Il farabutto accusò il colpo, iniziando a temere per la risposta successiva, quella dei Carabinieri di Garbagna, che arrivò di lì a poco sul tavolo degli inquirenti.

– Chiamate il Rivabella, – fece Rosari prima di aprirla – conducetelo qui davanti a noi, voglio guardarlo negli occhi mentre gli leggerò la lettera che lo condanna a morte.

– Buongiorno signori giudici – disse il bandito con tono sarcastico.

– Buongiorno, Rivabella. – esordì Rosari – Non siete più libero, perché questo fermo provvisorio è già di fatto una restrizione della libertà, ma badate bene che se qui dentro – e indicò la busta – ci sarà scritto quello che penso io, voi l'aria di montagna non la respirerete più. Respirerete al massimo quella di Alessandria, il giorno in cui salirete i gradini della scala che vi condurrà alla forca.

Rivabella deglutì e rimase a fissare il magistrato che tentava maldestramente di aprire la missiva, prima di estrarre il bianco foglio di carta e iniziare a leggere.

– ... *Rivabella Pietro fu Giovanni Battista, di anni quaranta, nato a San Secondo Parmense e residente a Sale di Tortona, risulta agli atti di questa Reale Stazione dei Carabinieri in quanto sottoposto a fermo alle ore 22,30 di venerdì 27 marzo 1863 perché rinvenuto in stato di ubriachezza mentre girovagava per Garbagna proveniente dall'Osteria del Cervo. Avendo contravvenuto alla disposizione di cui all'articolo 90 delle Leggi di Pubblica Sicurezza, veniva pertanto condotto in caserma e quivi trascorreva la notte dopo essere stato identificato. Non emergendo altre responsabilità a suo carico, veniva rilasciato la mattina seguente alle ore 7,30.*

Il volto del bandito si distese, per un istante, e un sorriso beffardo gli comparve quasi naturale, di fronte all'espressione irritata del magistrato Rosari. Olmi, accanto a lui, era come sempre impassibile e anzi, sembrava quasi rasserenato dalla notizia appena appresa.

Rosari faticò a trattenere la rabbia e rosso in volto esclamò con tono perentorio: – quella sbornia vi ha salvato dalla forca per l'eccidio di Cà di Monte ma non sarà sufficiente a salvarvi la pelle per tutto ciò che avete combinato in precedenza nella vostra infame vita! Trasmetteremo queste risultanze alla caserma dei carabinieri di Sale, dove sarete condotto nei prossimi giorni per essere processato!

La notizia contenuta nella missiva dei carabinieri di Garbagna obbligò gli inquirenti a ricominciare tutto da capo. Tra i due, il più demoralizzato era indubbiamente Rosari, che aveva visto cadere per colpa di quell'alibi la teoria che aveva sposato fin dall'inizio delle operazioni: così, quando fu il momento di ascoltare i successivi testimoni, i coniugi Bertella, lasciò la direzione delle operazioni al collega Olmi che pareva invece non avere affatto accusato il colpo.

– Cognome, nome, anni e professione, per cortesia.

– Frattini Francesca, di anni venti, contadina.

– Dove siete nata, signora Frattini?

– Sono nata a Pareto, frazione del comune di Cella.

– Bene. E vivete a Casa Bertella, esatto?

– Esatto.

– Scusate signora Frattini, ma il signore fuori alla porta sarebbe il vostro sposo?

– Certo, mio marito. Bertella Carlo detto *Crovin*.

– Di anni?

– Di anni settanta – rispose fieramente la giovane donna.

Olmi si voltò verso un attonito Rosari strabuzzando, per quanto possibile, i suoi piccoli occhietti.

– Ci risulta che voi abbiate incontrato la vedova Tamburelli lo scorso venerdì.

– E' vero, la Tamburelli mi ha bussato alla porta di casa perché aveva con sé delle lenticchie da consegnarmi. Le avevo chiesto se fosse riuscita a procurarmene un copello, visto che sapevo si sarebbe recata al mercato in quel di Varzi e passò proprio per lasciarmele. Non avevo soldi e le dissi che l'avrei pagata nelle giornate successive: lei non fece questioni, anzi disse che era di fretta perché doveva raggiungere *Bortleu* e *Serafinin* che la precedevano per andare tutti insieme al Dego. Che grana, come farò adesso a darle i soldi che le dovevo?

– Questo non ci interessa oggi. Diteci, piuttosto, come vi apparve la Tamburelli? Preoccupata? Impaurita?

– Preoccupata per la vicenda del figlio, sicuramente. Non parlava d'altro in quelle giornate, della fatica che faceva a trovare un sostituto per riportarselo a casa. E poi non le piaceva tenere tutti quei soldi in casa, aveva paura che glieli portassero via. Io gliel'ho detto, a mio marito: quel venerdì sera, quando abbiamo intravisto due ombre passare che già era buio, avevo proprio paura che andassero a fare qualche mal lavoro a Cà di Monte. Sapete, gente qui non ne passa mai a quell'ora…

Gli inquirenti si sistemarono comodi sulla sedia.

– E da dove uscirebbero adesso queste due ombre? Nessuno ce ne aveva ancora parlato fino ad ora.

– Ah, io e mio marito le abbiamo viste. Chiedete pure anche a lui! Ero in piedi davanti alla finestra che recitavo il rosario, e ho visto due ombre passare davanti a casa: strano, ho pensato tra me e me, a quell'ora di solito in giro non si vede nessuno. Arrivavano da Varzi e andavano verso il Poggio di Dego…

Rosari tirò subito dinnanzi a sé la mappa realizzata dal prete di Castagnola cercando il luogo nominato dalla Frattini.

– Avete per caso riconosciuto qualcuno in quelle ombre?

– Io non so nient'altro – si affrettò a precisare la giovane.

– Vi ringraziamo per la collaborazione. Potreste far entrare vostro… marito?

La donna si congedò e tornò poco dopo ad affacciarsi sull'uscio accompagnando all'interno della stanza un anziano uomo, che tutto poteva sembrare ma non di certo il marito di una così delicata ragazza. Anch'egli confermò quanto affermato dalla Frattini.

– Erano due uomini alti, vestiti di scuro con pantaloni, giubbetto corto e cappello in capo. Ero sotto al portico intento ad orinare, quando ho indistintamente udito un rumore di passi e così mi sono fatto avanti con il capo per vedere chi stesse passando.

– Sapreste assegnare un nome ai due figuri che avete visto passare da Casa Bertella, la sera del 27 marzo?

– E come potrei, – si schermì l'anziano – visti di spalle, al buio, potrebbero esser chiunque!

– Rassomigliavano a qualcuno in particolare?

– Potrei solo aggiungere che parevano due artigiani, piuttosto che due contadini, dalla maniera in cui erano vestiti. Ma di più, francamente, non mi sento di dire.

Olmi iniziò a macinare pensieri. Sembrava volesse chiedere ancora qualcosa al *Crovin*, ma si trattenne.

Arrivò quindi il turno di un altro testimone, Giuseppe Pochintesta, quarantaquattrenne residente a Casa Bertella, che si accodò alla ricostruzione dei coniugi Bertella, affermando di avere visto qualcuno dirigersi a passo svelto verso il Poggio di Dego quando ormai era buio.

– Stavo per coricarmi e ho sentito i cani abbaiare: allora, prima di mettermi giù, sono andato alla finestra a cercare di capire cosa stesse succedendo. Ho sentito un rumore di passi e ho visto due persone di spalle che passavano veloci sulla mulattiera.

– Come erano vestiti, siete riuscito a vederlo?

– Non da contadini. Mi sembrava che avessero un giubbetto scuro, come scuri erano i pantaloni e un cappello basso.

Olmi trovò finalmente la forza di pronunciare il nome che gli girava in testa da qualche giorno.

– Conoscete l'oste *Pipòn*?

Il Pochintesta accusò la domanda del magistrato e impiegò qualche istante prima di rispondere, senza riuscire a nascondere un poco di meraviglia.

– Diavolo se lo conosco! Ma che c'entra qui?

– Me lo potreste sommariamente descrivere?

Il testimone prese tempo per qualche istante, come se volesse riordinare le idee, quindi rispose.

– *Pipòn* è un uomo poco meno che

cinquantenne, piuttosto alto. Ha la corporatura robusta ma proporzionata e il volto sbarbato.

– Come veste *Pipòn*? – proseguì il magistrato.

Il Pochintesta dimostrò di non gradire la domanda, e a testimoniarlo fu una smorfia involontaria sul suo volto.

– Porta sempre un cappello di feltro nero in capo, con bassa visiera e tesa larga, e una carmagnola di velluto, nero anch'esso se la memoria non mi tradisce.

Olmi annuì e, deciso ad andare a fondo, sollevò di fronte al Pochintesta l'interrogativo che prima, davanti al *Crovin*, aveva a stento trattenuto.

– Sapreste dirmi se tra quelle due ombre, almeno una potrebbe essere accostata a quella di *Pipòn*? La descrizione che ne avete dato appare piuttosto coincidente.

L'uomo si fece serio e non riuscì a mascherare un velo di preoccupazione.

– I connotati convengono lui, ma non posso affermarlo con certezza. Accusare una persona non essendone sicuri potrebbe comportare la vendetta di chi si sente ingiustamente accusato. E io non voglio di certo dare dei giudizi affrettati.

– Capisco. – tagliò corto Olmi – Grazie per tutto ciò che ci avete raccontato, magari ci rivedremo ancora prima della fine delle indagini e potrete aggiungere qualche ulteriore particolare di cui vi tornerà memoria. Se lo vorrete, ovviamente – aggiunse ostentando sicurezza.

10
L'ispezione

– Sentite, Malaspina, lo abbiamo capito che voi siete uno dei grandi accusatori del bandito Rivabella ma non prendeteci per degli sprovveduti. Prima di mandarci qui ci hanno consentito di leggere gli atti del processo quindi siamo informati sulla direzione che hanno preso le indagini: Pietro Rivabella aveva un alibi, peraltro confermato dai carabinieri. Potrà essere un perditempo, un farabutto, magari finirà alla forca per altri crimini ma ciò che a noi interessa è che l'autore del massacro di Cà di Monte non poteva essere lui, punto.

Il Malaspina non gradì la precisazione e guardò gli interlocutori con rabbia. Poi sembrò tornare docile.

– La verità è che quell'uomo non lo conoscevo affatto – disse con tono scoraggiato.

I tre uomini nella stanza allargarono le braccia sconfortati.

– Perché mai mentirci in questo modo? Quando ci siamo incontrati ci avete rassicurato che avreste raccontato tutta la verità, e dopo quattro ore di colloquio salta fuori che il bandito Rivabella nemmeno lo conoscevate?

– Non lo so, sentite, per la storia che aveva, per il passato ingombrante che si portava dietro a me pareva il più grosso indiziato per essere l'assassino di quella povera gente e allora ho voluto cavalcare l'onda raccontandovele un po' più grosse di quello che sono realmente. D'altra parte, sentite un po', che sarebbe mai questo, un interrogatorio?

– Nessun interrogatorio, solo una chiacchierata tra amici.

– Allora come prima cosa, io non sono vostro amico. E poi quello che avevo da dire l'ho già detto, non è di certo colpa mia se nessuno mi ascolta dando invece credito ad una storia che fa acqua da tutte le parti!

– In che senso, scusate?

– Ma diavolo, vi sembrano delle indagini condotte come Dio comanda quelle relative al crimine di Cà di Monte? Avete letto gli atti del processo, nevvero? E non vi siete accorti che c'è una persona che improvvisamente sparisce dalla circolazione, di cui tutti inizialmente parlano e che poi, come per miracolo, scompare senza che su di essa si concentri il benché minimo sospetto?

Gli uomini di fronte all'oste rimasero per un istante a pensare guardandolo dritto negli occhi, senza trovare una risposta.

– Non ve ne ricordate neanche, e venite qui davanti a me con quel tono da professori a dirmi che conoscete gli atti del processo – li attaccò l'oste, accompagnando la frase con un gesto della mano come a voler sminuire i suoi interlocutori.

– Conoscere gli atti del processo non significa certo averli imparati a memoria, signor Malaspina. Abbiamo raccolto notizie riguardo la vicenda, aiutateci voi visto che siete un così acuto osservatore.

– Non vi dice niente il nome *Giuseppin*?

Gli uomini dinnanzi a lui fecero segno di sì con la testa, come se ricordassero quel nome.

– Il tizio che doveva incontrare la vedova Tamburelli al mercato – fece il più giovane.

Il Malaspina annuì.

– Perché di lui non si parla? Perché su lui non si è mai indagato? In fondo era in trattative già piuttosto avanzate con la vedova Tamburelli per la surrogazione del figlio, avevano già parlato di soldi ed erano vicini a trovare un accordo. Poi tutto saltò, come mai? Quell'uomo, non scordatelo, conosceva la disponibilità economica della famiglia Tamburelli, era anche stato a Cà di Monte e sapeva molto più di quanto potete immaginare!

– Beh queste vostre osservazioni sono assolutamente plausibili, signor Malaspina. Eppure, da quanto mi risulta, nessuno conosceva quell'uomo e quindi gli inquirenti non sono riusciti a risalire alla sua identità.

L'oste scoppiò in una fragorosa risata.

– Ah ah ah ah ah! Certo, proprio quegli inquirenti che mandano i carabinieri a rovesciare le locande della gente per bene, che conoscono vita, morte e miracoli di chiunque, stranamente ora non riescono a capire chi sia questo misterioso *Giuseppin*!

– Voi lo conoscevate?

– Ma che c'entra, cristo santo! Non posso mica conoscere tutti! Io non so chi fosse costui, nella mia osteria mai era passato né ci avevo mai avuto a che fare per qualsiasi motivo! Ma i carabinieri hanno l'obbligo di trovarlo! Di risalire alle sue generalità e portarlo davanti ai magistrati per farsi interrogare, oppure, se non lo riescono a trovare, di emettere un mandato di cattura!

I tre uomini nella stanza rimasero zitti, incassando il colpo.

– In effetti, di quell'uomo paiono perdersi le tracce durante lo svolgimento delle indagini...

Il Malaspina allargò le braccia.

– E allora? – domandò suggerendo la risposta.

– Sì, è strano notare come alcuni piccoli dettagli non coincidano alla perfezione...

Per la prima volta dal momento in cui si erano incontrati, gli interlocutori del locandiere erano in difficoltà e i ruoli sembravano essersi ribaltati, con il Malaspina che li incalzava e loro che indietreggiavano incapaci di rispondergli a tono.

– Piccoli dettagli? Saranno forse piccoli per voi, che siete seduti tranquilli sapendo che tornerete a casa dalle vostre mogli qualsiasi cosa accada. Per me piccoli non lo sono affatto! E invece di andare a ricercare il vero colpevole, quel bastardo del brigadiere di Varzi mi ha bussato alla porta dell'osteria un giorno di aprile, all'ora di pranzo, quando avevo il locale pieno di gente. Un sabato, per giunta! La giornata, dopo il venerdì di mercato, in cui io lavoro di più! Era con due carabinieri e mi disse che aveva il mandato del Procuratore per perquisire l'osteria: fate pure, gli dissi. Se il vostro unico scopo è rompere le scatole alla gente che lavora, fate pure! Se vi interessa solo che tutti i miei clienti si spaventino e da domani cerchino di starmi alla larga additandomi come un criminale, fate pure!

– Avete davvero osato rivolgervi con questo tono ad un brigadiere dei carabinieri?

– Io non le mando a dire a nessuno! Avreste dovuto vedere come mi guardavano i miei clienti, e sapete perché? Perché io ho il coraggio di fare quello che tutti loro temono!

Il Malaspina, rosso in volto, continuava a versarsi da bere e non frenava il proprio racconto.

– Mi hanno rovesciato l'osteria! Tutti i cassetti, tutti gli armadi, le camere, la cucina…

per poi andarsene a mani vuote! Dovrebbero domandami scusa in ginocchio!

– Scusate, signor Malaspina, ci state dicendo che i carabinieri non hanno rinvenuto nulla di compromettente durante la perquisizione?

– Nulla! Sapete cosa vuol dire nulla? Nien–te! Ma sapete che danno ho avuto da questa visita dei carabinieri? Da quel giorno in poi, nella mia osteria entravano la metà delle persone rispetto a prima, e tutto questo solo perché la voce pubblica mi incolpava! Ma scherziamo? Tutto ciò non è nient'altro che un'infame calunnia!

Gli interlocutori del Malaspina si guardarono straniti.

– A tutela del mio onore ho dovuto inviare un esposto al Procuratore del Re di Tortona: vi ho fatto scrivere che nulla, né nella mia precedente vita, né nelle circostanze che accompagnarono quel misfatto, autorizzava il benché minimo sospetto sulla mia persona. Sono pervenuto alla veneranda età di quarantotto anni serbando onorato il mio nome e senza mai aver subito la benché minima condanna! Ed ora, per colpa della lingua troppo lunga di qualche invidioso, vedevo la mia locanda disertata dal pubblico, dopo quella maledetta perquisizione che nessun altro effetto aveva avuto se non quello di accrescere ingiuriosi sospetti nei confronti della mia famiglia!

– Ah, non sapevamo di questo esposto al Procuratore del Re…

– Ho dovuto farlo, indicando tra l'altro anche i nominativi di alcune persone da ascoltare a mia discolpa. Se fossi rimasto inerme mi avrebbero massacrato, tirava un'aria bruttissima nei miei confronti: non sapevo più a cosa pensare, mi sentivo perseguitato, capite? Sembrava che tutti si fossero messi d'accordo per puntarmi il dito contro! Finché poi, una sera, i carabinieri hanno bussato di nuovo alla mia porta e sono entrati spediti al seguito del brigadiere. Lo ricordo alla perfezione, era il 19 di aprile.

– *Oh là* – ho pensato tra me e me. – *Taci che verranno a scusarsi!*

11
Al mercato

Erano passate due settimane esatte dall'omicidio e le indagini, che erano partite sotto i migliori auspici, avevano subito un inatteso rallentamento dopo la conferma dell'alibi del bandito Rivabella, sul quale erano finiti per convergere tutti i sospetti degli inquirenti.

I magistrati avevano abbandonato la canonica della Chiesa di Castagnola per proseguire le indagini dalle rispettive sedi: Rosari dai propri uffici di Tortona, mentre Olmi, essendo di stanza a Varzi, avrebbe potuto garantire la presenza sul territorio e la raccolta delle testimonianze mancanti.

Proprio Olmi quel venerdì mattina, mentre si recava al lavoro, notando che a Varzi si stava svolgendo il consueto mercato settimanale, decise di attraversarlo compiendo una breve deviazione dal percorso che seguiva tutti i giorni, pensando che avrebbe potuto essere una buona occasione per osservare chi si aggirava tra quei venditori ed, eventualmente, farsi venire qualche idea interessante per la prosecuzione delle indagini. Ridiscese così attraverso Porta Sottana fino alla Piazza della Fiera, dove confluì nel fiume di persone che la attraversava, confondendosi tra la folla.

La confusione era tanta, Olmi non sapeva in quale direzione guardare: la sua attenzione veniva rapita ora da un venditore di pollame che sollevava, tenendola per il collo, una bianca gallina in cielo, ora da un venditore di formaggi che chiamava per nome tutte le signore che gli passavano davanti. Tra la gente, tantissime persone comuni che si sfioravano senza quasi notarsi, attirate dalla curiosità per la merce in vendita, ma anche tanti fannulloni che girovagavano senza una méta salvo poi radunarsi in gruppetti nei dintorni di qualche osteria. I profumi erano infiniti e andavano da quello del tabacco da sigaretta, a lui profondamente sgradito, a quello di sterco di animale e proseguivano fino a quello forte ma appetitoso del formaggio stagionato: in mezzo, tanti odori mescolati tra di loro e resi irriconoscibili dal fastidioso e acre olezzo di sudore dei contadini e dei commercianti che si affannavano nel concludere i rispettivi affari.

Il magistrato passò due volte tra i venditori, cercando di curiosare ovunque gli fosse possibile, e ad un tratto sentì una mano appoggiarsi sulla sua spalla. Si voltò sorpreso, trovandosi di fronte il volto sbarbato del brigadiere Malpasciuti, comandante della stazione dei Reali Carabinieri di Varzi.

– Come mai da queste parti, dottor Olmi? – gli domandò sorpreso il giovane comandante.

– Brigadiere, buongiorno! – fece il magistrato, distendendo le rughe del volto. – Stavo raggiungendo la mia scrivania quando mi sono detto che sarebbe stato interessante fare due passi qua in mezzo, alla ricerca di qualche volto sospetto o di qualche interessante intuizione per risolvere il caso. Chissà, magari avrei potuto udire qualcuno rivolgersi ad un uomo chiamandolo *Giuseppin* di Bognassi…

– Non credo sia il momento giusto. – sorrise Malpasciuti – Avete sicuramente scelto quello in cui ci sono più persone, ma non di certo quelle poco raccomandabili. Magari, per quei figuri che state cercando voi, potete guardare un po' più in là – e fece segno con la testa verso un'osteria poco distante, davanti alla quale erano radunati a perdere tempo alcuni giovanotti.

– Lo immaginavo – rispose il magistrato – ma sapete una cosa? Quanto accaduto a Cà di Monte mi ha aiutato a immergermi un po' di più nella realtà del paese in cui vivo, che troppe volte ho dato per scontata spostandomi tra la casa e gli uffici della magistratura senza mai nemmeno sollevare la testa per guardarmi intorno. Ed è stato un mio limite, questo, perché mi avrebbe potuto essere utile, in questa delicata fase di indagine, essere un po' più addentro alle faccende di Varzi e dei varzesi.

– A proposito, dottor Olmi... sono dispiaciuto per il risultato della perquisizione all'osteria di *Pipòn* della scorsa settimana. Mi sono più volte lasciato assalire dal dubbio di non aver fatto bene il mio lavoro, ma onestamente non avrei più saputo dove controllare: purtroppo, muovendoci dopo una settimana dall'accaduto, gli abbiamo dato tutto il tempo di questo mondo per nascondere il bottino o le prove del crimine.

Sempre che poi sia stato lui l'assassino, e questo non possiamo saperlo...

– Non dovete scusarvi, brigadiere – fece Olmi con tono improvvisamente serio – la colpa di questo ritardo è solo ed esclusivamente nostra. E' chiaro che ci saremmo dovuti muovere nell'immediatezza dell'accaduto, ma ciò non era affatto semplice, perché anche la giustizia ha i suoi tempi. Tutto lasciava pensare a Pietro Rivabella, la pista che porta all'oste *Pipòn* è successiva e si è delineata, nella mia mente, solo dopo che l'alibi del bandito è diventato incontrovertibile e certificato, per così dire, dai Carabinieri di Garbagna. L'aspetto preoccupante è che ora si dovrà ricominciare tutto da capo, allargando il raggio dei sospettati, sempre che non si trovi qualche altro indizio che riporti velocemente a *Pipòn*.

Mentre i due stavano parlottando, un'anziana signora ingobbita dal peso degli anni si fermò dinnanzi a loro, scrutandoli con due occhietti lucidi che sembravano spuntati all'improvviso sotto al fazzoletto che le nascondeva il capo. Olmi e Malpasciuti, accortisi della sua presenza, si voltarono contemporaneamente a guardarla.

– Allora! L'avete preso o no il bandito che ha ammazzato quei poveretti?

– Niente da fare signora Chiappano, stiamo ancora indagando – intervenne il brigadiere – ma state tranquilla che non siamo così distanti dal trovarlo!

– Mi raccomando né! Che noi vogliamo dormire tranquilli qui a Varzi!

– Non preoccupatevi, siete in ottime mani! – fece Malpasciuti indicando il magistrato Olmi.

La signora aguzzò gli occhietti puntando il magistrato con uno stortissimo dito indice.

– Chi è questo signore qui? Il giudice?

– Sono il magistrato Olmi signora, buongiorno – e allungò la mano come per stringere quella della vecchia, che però non ebbe alcuna reazione costringendolo ad accontentarsi di afferrarle il dito curvato che lo puntava.

La vecchia rimase a scrutarlo con diffidenza.

– Di dove siete voi? Non siete mica di queste parti!

– Ma certo signora, sono il magistrato di

Bobbio ma vivo e lavoro qui a Varzi da diversi anni.

– Non avete mai avuto niente da fare prima di oggi ma adesso vi tocca lavorare! – disse con tono beffardo la vecchia.

Olmi sorrise e le rivolse a bruciapelo una domanda.

– Vi dice niente il nome *Giuseppin* di Bognassi?

La vecchia rimase interdetta per un istante, come se non avesse compreso. Poi prese il magistrato per la giacchetta, tirandolo a sé. Olmi si lasciò trascinare, chinandosi per consentirle di avvicinarsi al suo orecchio.

– Io lo so chi è stato ma non posso dirvelo perché altrimenti mi trovo la casa bruciata! Ma andate a guardare giù di là... – e indicò con le mani verso occidente, dove le case di Varzi iniziavano a diradare in un lento avvicinamento alla pianura.

Prima che la vecchia si dileguasse, Olmi fece in tempo a stringerle le mani ringraziandola per il suggerimento, poi tornò a rivolgersi al brigadiere.

– Da quella parte c'è proprio l'osteria di

Pipòn, ma come posso trovare qualcuno disposto a fare il suo nome? Non vedete quanto terrore incute tra il popolo? Io continuo ad essere convinto che in qualche modo quell'oste abbia a che fare con tutta questa vicenda.

Malpasciuti non rispose e rimase a fissare la folla che scorreva tra i venditori, alzando nuvole di polvere tra la terra battuta che occupava il selciato della piazza della Fiera.

– Dicevo, come posso trovare qualcuno disposto a dirmi che il colpevole è proprio lui? Forse qualche suo concorrente, il proprietario di qualche bettola che magari è oscurata dalla presenza della sua osteria? – aggiunse Olmi.

Malpasciuti imbambolato non rispondeva, tanto che il magistrato parve risentirsi.

– Brigadiere, ma… mi ascoltate oppure cosa state facendo?

Malpasciuti si voltò verso il magistrato con la faccia di chi non ha ascoltato una sola parola perché intento a pensare a tutt'altro e incalzò Olmi.

– Il giorno dell'omicidio era il…?

– 27 marzo – rispose secco il magistrato.

– Che era un…?

– Venerdì. Venerdì 27 marzo, Malpasciuti.

Il brigadiere poggiò un braccio sulle spalle di Olmi, trascinandolo in disparte.

– Riagganciandoci al discorso che stavamo facendo prima, siete arrivato al mercato di mattina quando tutto scorre tranquillo. E' dal tardo pomeriggio in poi che bisogna tenere gli occhi bene aperti, perché Varzi si popola di sbandati e perdaballe che, con la scusa del mercato, rimangono poi a concludere la serata nelle osterie, dove fanno affari, commerci e baldoria fino a tarda notte. Per questo motivo, tutti i venerdì di mercato io e i colleghi ci dividiamo tra le osterie del paese per controllare che non ci siano avventori molesti, baruffe o commerci loschi.

Olmi comprese subito dove il brigadiere voleva arrivare e con lo sguardo carico di eccitazione lo interrogò.

– Ditemi che siete stato all'osteria di *Pipòn* quel venerdì sera!

– Personalmente – fece Malpasciuti, distendendo il volto in un'espressione compiaciuta.

– Sono tutto orecchi! – disse Olmi

accomodandosi sul gradino di una casa.

– Non qui, – fece il brigadiere – non è il luogo adatto. Seguitemi in caserma – e prese a fare strada con il magistrato che ne ricalcava i passi a breve distanza, infilandosi tra le case del centro e risalendo verso la parte alta del paese.

I due si accomodarono nello stanzino di Malpasciuti, che prese a parlare mentre Olmi lo ascoltava attentamente, prendendo nota su un taccuino.

– Sono stato un idiota, dottor Olmi. Avevo la risposta ai vostri sospetti e non ho saputo attribuirle il peso che si meritava. La sera di venerdì 27 marzo sono stato, nel consueto giro delle bettole, anche alla locanda di *Pipòn*: sono entrato intorno alle 22,30, trovando all'interno alcuni avventori tra i quali ricordo, se volete segnarvi i nomi in modo da chiamarli a testimoniare, Albera Carlo detto *Il sarto di Celletta*; Botto Antonio detto *Sternà*, Barbieri Giovanni e Zambruno Giovanni detto *Tapplino*.

Olmi scriveva sul taccuino con espressione seria, lanciando di tanto in tanto qualche occhiata al brigadiere sopra alle lenti degli occhiali.

– Ma il particolare più importante, che avevo omesso di valutare con attenzione, era che a servire i clienti quella sera erano solo Caterina e Filomena, la moglie e la figlia di *Pipòn*. Non erano presenti l'oste ed il figlio Angelo, che invece solitamente si trovano dietro il banco a servire gli avventori.

– Perfetto… – si lasciò scappare il magistrato, mentre riportava sul foglio ogni singola parola del brigadiere. – Questo è proprio quello di cui avevo bisogno. Ditemi solo una cosa ancora, Malpasciuti, quanto si è protratta la vostra permanenza all'interno dell'osteria?

– Una decina di minuti, non di più. Ho chiesto da bere e sono rimasto a controllare che tutto fosse a posto. La situazione era tranquilla, c'erano solo i soliti ubriaconi che però non ricordo particolarmente fastidiosi. Tutto nella norma, diciamo.

– E finché voi siete rimasti là, *Pipòn* e il figlio non si sono visti, esatto?

– Posso confermarlo nella maniera più assoluta.

– Brigadiere, grazie per queste precisazioni. Siete riuscito a dare nuovo impulso alle indagini ricordando questo piccolo particolare e ora potrò chiamare a testimoniare i clienti della locanda di cui mi avete dato i nominativi. Vedremo se confermeranno questa strana assenza dell'oste e se riusciranno a darci qualche informazione in più.

– Figuratevi, dottor Olmi, anzi scusatemi se non ho collegato in precedenza la mia visita all'osteria con il crimine di Cà di Monte!

– Non fa niente, non preoccupatevi. La giustizia ha i suoi tempi, come vi dicevo prima: potrebbe essere che quelli per scoprire il carnefice dei Tamburelli, una settimana fa non fossero ancora maturi.

I due si strinsero con convinzione la mano e Olmi guadagnò l'uscita sorridente. Tornò sui propri passi per un istante, prima di varcare l'uscio della caserma, rivolgendosi nuovamente al brigadiere.

– Malpasciuti! Avete visto che ho fatto bene a venire al mercato di prima mattina?

Olmi fece immediatamente convocare gli avventori dell'osteria di *Pipòn* riconosciuti dal brigadiere durante il suo sopralluogo. Il primo a presentarsi davanti al magistrato fu Botto Antonio, detto *Sternà*, un omino di mezz'età piccolo e magro, ma così magro che sarà pesato quaranta chili con i vestiti indosso, e un paio di spessi occhiali da vista che lo rendevano ancora più ridicolo di quanto già non fosse di suo.

– Botto Antonio fu Paolo, di Oramàla.

– Signor Botto, la sera di venerdì 27 marzo siete stato avvistato dal brigadiere dei Carabinieri insieme ad altri avventori nell'osteria di *Pipòn*. Questo lo potete confermare?

– Certamente.

– Avete avuto modo di incontrare *Pipòn* quella sera?

– Sì, ci siamo visti in diverse occasioni.

Olmi accusò il colpo tradendo una smorfia del viso.

– Siate più preciso.

– A parte che *Pipòn* è dappertutto! Lo conoscete, no? E' il migliore di tutti, se avete bisogno di qualcosa, chiedete a lui che vi trova subito la soluzione!

– A me questo non interessa – tagliò corto il magistrato. – Io vi ho chiesto di spiegarmi dove avete visto l'oste quella sera, a che ora e cosa vi siete detti.

– Sì, ma non prendetevela! Ci siamo incontrati la prima volta al Caffè del Popolo di Varzi: è entrato e vedendomi lì mi ha invitato alla sua osteria dicendomi che erano rimasti da mangiare dei buoni ravioli. Sapete, no? Con quei modi da spaccone che ha lui, che ti tira un pattone sulla spalla, o ti prende per il collo…

– No, non li conosco i suoi modi, ma da come me lo state descrivendo penso che non mi andrebbe molto a genio – disse scocciato Olmi. – Ricordate l'ora in cui ciò potrebbe essere accaduto?

Il Botto si fermò un attimo a pensare.

– Ma non lo so, saranno state le nove e mezzo di sera.

– Le nove e mezzo. – disse Olmi – Siete sicuro di questo?

– Mi sembra di sì.

– Vi sembra o siete sicuro?

– Sentite, io l'orologio non ce l'ho e non è che sto a guardarlo ogni cinque minuti, nelle locande. All'osteria ci vado per bere, mica per guardare l'orologio!

– Non avevo dubbi – rispose Olmi. –

Quindi quando vi siete incontrato con *Pipòn*
eravate già ubriaco?

– Ciucco marcio! – sottolineò orgoglioso
il Botto. – E non vi dico *Pipòn* in che stato che
era! E' entrato prima l'odore di vino di lui. Ma
d'altra parte è il migliore, cosa volete farci! E' un
mio caro amico, sapete?

– Benissimo, e nonostante foste già in
quelle condizioni vi siete ancora recato
all'osteria di *Pipòn*?

– Certamente, non volevo che potesse
prendersene a male. Secondo voi sono così
stupido da litigare col mio amico *Pipòn* per aver
detto di no a un piatto di ravioli? Così con altri
due amici ci siamo incamminati verso il Reponte
Inferiore. Il locale sembrava chiuso, ma
picchiando alla porta come facevamo di solito,
sono arrivati subito ad aprirci.

– I due amici che erano con voi sarebbero
lo Zambruno e l'Albera?

– No, l'Albera e il Barbieri. Il *Tapplino* è
arrivato quando già eravamo entrati ed avevamo
ordinato ravioli e insalata.

– Chi vi ha aperto la porta?

Sul volto dello *Sternà* si disegnò un

sorriso ebete e rimase in silenzio.

– Beh? Avete perso le parole?

– Vi prego di usare sempre tutta la gentilezza di questo mondo quando parlate di quella meravigliosa donna.

– Ma si può sapere di chi diavolo state parlando?

– Ma della luce dei miei occhi!

Olmi strabuzzò gli occhi come a dire *ci mancava anche questa*.

– E chi sarebbe la luce dei vostri occhi? La figlia di *Pipòn*?

– Macché! Cosa ne capite voi di donne!

– Caterina Malaspina?

– Che donna meravigliosa!

– Ma se è la moglie di *Pipòn*!

– Ma state zitto se non sapete le cose! – lo apostrofò secco il Botto.

– State zitto lo dite a qualcun altro, magari a qualche ubriaco seduto accanto a voi all'osteria. Volete forse passare la notte in caserma?

– Caterina Malaspina è la mia amante – disse fieramente l'omino.

– Oh per la carità! – fece Olmi allargando

le braccia. – Vi siete presentato come miglior amico di *Pipòn* e poi ve ne uscite dicendo di essere l'amante della moglie!

– Ma che ne sapete voi di cosa accade nelle locande di Varzi! A Caterina gli piaccio, lo dicono tutti i miei amici: quando le vado intorno diventa tutta rossa, fa la vergognosa. Mi prende per un braccio e sapete cosa mi dice? *Sü d'adoss Sternà, che al Pipìn u vegna gelùs...*

Il giudice guardò fisso lo *Sternà* per accertarsi che fosse serio.

– Forse avete ragione, le donne non le capirò mai – concluse amaramente. – Insomma, comunque non vi ha aperto né *Pipòn*, né tanto meno il figlio Angelo.

– E no, loro non c'erano mica. Ho domandato a Caterina e mi ha detto che entrambi stavano dormendo. Le ho detto di chiamarlo, che a me piace sentire *Pipòn* cantare e avremmo cantato tutti insieme le sue canzoni preferite, ma lei ha detto di non disturbarlo giacché voleva riposare. Allora lo Zambruno, che era ciucco da non star più in piedi, è andato in cima alle scale a battergli alla porta della stanza, dicendogli di venir giù a cantare. E sapete cosa ha risposto

Pipòn? Gli ha fischiato come a dire *va via né*! E lo Zambruno, giù per le scale come un fulmine! Dovevate vederlo, ha saltato uno dei primi scalini e ha fatto tutti gli altri dieci col di dietro! Quanto ridere…

Olmi faticava a seguire il racconto confuso del Botto, ma decise di soffermarsi sul presunto fischio di *Pipòn*.

– Spiegatemi meglio questa storia del fischio, che non ho ben compreso.

– E cos'altro devo dirvi! Era un fischio normalissimo, di quelli che si fanno accompagnati al gesto della mano quando si vuol dire a uno di fare dei chilometri, di andarsene via.

– Siete sicuro che provenisse dalla stanza di *Pipòn*?

Il Botto abbassò la voce come per non farsi udire da qualcuno, avvicinandosi con la bocca all'orecchio del magistrato.

– Posso farvi una confidenza? Secondo me quel fischio lì arrivava dalla cucina!

Olmi annotò la confidenza del Botto, quindi riprese con le domande.

– Ma alla fine, *Pipòn* si è visto oppure no

quella sera?

– Sì che si è visto! Figuratevi se uno come lui non si unisce alla baldoria! Stavamo giocando a carte e quando è arrivato, poco dopo il fischio, ha portato un bottiglione e si è seduto con noi a cantare!

– Vi ricordate cosa indossava?

– Al solito, era vestito con una carmagnola scura, così lucente da sembrar nuova, dei pantaloni scuri e un cappello di feltro nero.

– Ma quindi arrivava dall'esterno o dalla sua stanza?

– Dalla sua stanza, se vi ho appena detto che stava riposando!

Olmi sollevò un sopracciglio, quindi si rivolse con un'ultima domanda al Botto.

– Che ora era quando *Pipòn* comparve all'osteria?

– Non doveva esser molto tardi, anche se ve l'ho già detto, le ore precise non me le ricordo. Siamo rimasti a lungo a cantare e far baldoria, poi ho lasciato l'osteria, ciucco da non camminare più dritto, e mi sono addormentato da qualche parte, in un luogo che ora nemmeno ricordo.

– La naturale conclusione di una vostra serata – precisò Olmi.

– Esatto! – rispose lo *Sternà*, che zitto proprio non riusciva a stare.

Venne successivamente il turno dell'Albera, un altro degli avventori dell'osteria di quella notte.

– Albera Carlo, residente a Celletta.

– Sentite signor Albera, ho interrogato poco fa un vostro conoscente, tale Botto Antonio, e ho ancora mal di testa tanto mi è costata fatica seguirlo nei suoi ragionamenti.

L'Albera sorrise.

– Lo *Sternà* è un personaggio mica da ridere!

– Ecco, mi promettete di essere più serio?

– Io serio? Sono un sarto, mica un beccamorto! – disse l'omone, così grande e grosso da ispirare simpatia al primo sguardo.

Olmi si posò una mano sul volto, ma solo nel tentativo di nascondere un sorriso.

– Ora capisco perché andate così d'accordo. Per favore potete confermarmi che la sera del 27 marzo siete stato uno dei clienti dell'osteria di *Pipòn*?

– Sì, lo confermo.

– A che ora siete entrato?

– Mah, saranno state le 21,30.

– Da *Pipòn*?

– Da *Pipòn*.

– Allora cominciamo a registrare delle contraddizioni. Secondo il Botto Antonio, da *Pipòn* siete entrati molto più tardi.

– Credete a me, lo *Sternà* era ciucco da non reggersi in piedi!

– Eravate con il Botto Antonio?

– Eravamo io, lo *Sternà* e il Barbieri Giovanni.

– Arrivavate dal Caffè del Popolo, esatto?

– Sì, prima stavamo bevendo al Caffè del Popolo. Noi al venerdì facciamo sempre il giro delle osterie.

– Voi chi?

– Eh, siamo una combriccola un po' allegra, tutti scapoli, gente un po' matta... ci sono io, c'è lo *Sternà*, *Tapplino*, il Barbieri...

– Ricordate di aver visto il Botto Antonio colloquiare con *Pipòn* al Caffè del Popolo e, se sì, ricordate l'ora?

– Sì, *Pipòn* è entrato al Caffè del Popolo poco dopo l'Ave Maria e ha detto al Botto di andare di là da lui a mangiare i ravioli.

– Poco dopo l'Ave Maria? A noi risulta fossero le 21,30 circa quando i due si incontrarono al Caffè del Popolo.

– Chi vi ha detto questa scemenza?

– Botto Antonio.

– Non statelo a sentire quello lì! Ve l'ho già detto, era ciucco da non stare in piedi, beve un bicchiere di vino e non si ricorda più nemmeno come si chiama! Era poco dopo l'Ave Maria, non le nove e mezza, e lo *Sternà* era già appollaiato sulla sua sedia tutto storto come un *pulastrèn*! Quando fa così, è perché non ne può più!

– Molto bene. Quindi vi siete diretti all'osteria di *Pipòn* alle 21,30, ma lui non era presente, vero?

– Esatto, c'erano solo la moglie e la figlia.

– Nemmeno il figlio era presente?

– No, era a dormire, erano tutti a dormire, ci disse la moglie.

– E della vicenda del fischio, cosa ci volete raccontare?

– Quale fischio?

Olmi si spazientì – Non ditemi che anche questa storia del fischio se l'è inventata il Botto! Mi ha raccontato che lo Zambruno, che nel frattempo era entrato nella bettola, essendo il più ubriaco di tutti, salì le scale per battere l'uscio della stanza dove *Pipòn* stava riposando.

– E questo è vero – fece l'Albera, come se ora riuscisse a ricordare nel dettaglio la scena – ma attenzione: intendo il fatto che *Tapplino* picchiò alla porta della stanza di *Pipòn*, non di certo che fosse più ciucco dello *Sternà*.

– Quindi dopo aver picchiato all'uscio, il Botto mi ha riferito di aver udito un fischio che, nel linguaggio convenzionale significa *va via né!* che però, secondo lui, proveniva non dalla camera dell'oste ma dalla cucina.

– Ho capito – disse l'Albera. – In effetti questa cosa è vera e non me la ricordavo più, ma il fischio secondo me non proveniva dalla cucina, bensì dall'esterno della locanda. Però *Tapplino* si è spaventato ugualmente perché ha fatto una corsa giù per le scale che per poco non gli salta via la dentiera!

– Questa è l'unica cosa veramente accaduta che il Botto ci ha raccontato, quindi. Ma, aiutatemi a capire, come fate a dire che il fischio proveniva dall'esterno?

– A me pare di aver sentito così. Alle mie orecchie non è sembrato provenire dalla cima delle scale, né tanto meno dalla cucina, ma dalla porta da cui eravamo entrati.

– A che ora è sopraggiunto *Pipòn*?

– Non saprei dirvi nemmeno se è sopraggiunto, io quando ho cominciato ad avere sonno ho abbandonato la locanda, non sono mica come lo *Sternà* che si addormenta sulle scale dell'osteria!

– A che ora, indicativamente, siete uscito dalla locanda?

– Eh, più o meno saranno state le undici e mezza. Dovevo ancora andare a piedi fino a Celletta…

– Molto bene. Molto bene. Vi ringrazio signor Albera.

– E di che! Se avete bisogno una carmagnola nuova, venite a cercarmi che ve la faccio pagar poco!

– Non mancherò – disse Olmi, sorridente e soddisfatto.

– Ditemi ancora una cosa, toglietemi una curiosità.

L'Albera, che si era già alzato, tornò comodo sulla seggiola.

– Che tipo è Caterina Malaspina?

Il sarto serrò la bocca assumendo, con gli occhi, un'espressione pettegola.

– Avete delle strane idee in testa? – disse al magistrato.

– Ma quali idee! Vi ho chiesto di darmi qualche indicazione più precisa sul personaggio, anche se dalla vostra risposta temo di avere già compreso molto.

– Eh, cosa volete fare. Caterina è una bella donna, la conoscete, no?

– No no, io non l'ho mai nemmeno vista! – si giustificò Olmi.

– Ma allora dovete vederla, è una gran bella donna, alta, bionda, con due bei seni…

Olmi abbassò il tono della voce, come per non farsi udire.

– E cosa fa la signora Caterina, cosa fa, mi racconti…

– Giudice ma allora non dite di no, voi avete delle strane idee in testa!

– Forza, forza devo sapere – tagliò corto Olmi.

– Eh Caterina serve da bere e da mangiare ai clienti dell'osteria e poi…

– E poi?

– E poi insomma…

Olmi si avvicinò per ascoltare meglio, mentre guardava il sarto con occhio vitreo.

– Diciamo che è molto disponibile ecco…

– Disponibile in che senso?

– Disponibile, disponibile… in quel senso che avete capito benissimo forza, non fatemi parlare troppo. Ma perché mi chiedete queste cose, si può sapere?

– Il Botto mi ha rivelato di essere l'amante di Caterina Malaspina.

L'Albera scoppiò a ridere.

– Ah ah ah ah questa è bella! Se lo *Sternà* è l'amante di Caterina, io ne sono il marito!

– Ah quindi anche voi siete piuttosto intimi…

– Ma no intimi, Caterina sa come tenersi i clienti ecco… i clienti dell'osteria intendo eh, sia chiaro. E allora magari trova il modo di farti bere anche quando non ce n'hai più voglia, o quando sei troppo pieno... ti fa due complimenti, ti si avvicina un po' troppo con quel suo bel davanzale, tu le allunghi due spiccioli e...

– E...??

– E succede quello che succede sempre allo *Sternà*.

– Cioè?

– Cioè vai a dormire da solo, ciucco perso e senza soldi.

– Ah! Insomma una bella fregatura – ci rimase quasi male Olmi.

– Eh sì, proprio una bella fregatura. E lo *Sternà*, in questo senso, è quello che forse si è fatto spillare più soldi tra tutti noi e che continua a non capire che intanto va sempre a finire allo stesso modo.

– Povero *Sternà*! – sghignazzò il magistrato, mentre congedava l'Albera.

Gli altri due avventori della locanda riconosciuti dal brigadiere Malpasciuti, Barbieri Giovanni e Zambruno Giovanni detto *Tapplino*, confermarono pressoché totalmente quanto aveva rivelato poco prima l'Albera, compreso il fatto di avere abbandonato la bettola intorno alle 23,30 senza che *Pipòn* fosse ancora comparso. Tuttavia lo Zambruno, che quella sera era sotto ai fumi dell'alcool, non venne ritenuto molto attendibile perché rivelò diversi particolari che non trovarono riscontro in nessuna delle altre deposizioni.

Olmi decise di tagliare la testa al toro e, per avere una risposta chiara su quale fosse l'ora dell'incontro tra il Botto e *Pipòn* al Caffè del Popolo, ne convocò il proprietario, Cristoforo Arrigotti, che confermò che l'incontro tra i due avvenne non più tardi delle ore 20, anziché alle 21,30 come affermato dal Botto.

– Il quadro indiziario nei confronti dell'oste *Pipòn* pare aggravarsi – scrisse il magistrato Olmi al collega di Tortona, Rosari, per aggiornarlo sugli sviluppi delle indagini in quel di Varzi. – Nonostante una prima perquisizione nella sua bettola non abbia permesso di rinvenire elementi di colpevolezza a suo carico, dalle ultime testimonianze sembra emergere un'inspiegabile assenza dell'oste e di suo figlio Angelo dalla locanda, la sera di venerdì 27 marzo, nell'intervallo intercorrente tra le ore 20 e le 23,30, fascia oraria in cui dovrebbe essere avvenuto lo spietato crimine. Tuttavia, continua a riscontrarsi una diffusa reticenza dei testimoni, che non collaborano pienamente con gli inquirenti nel timore di subire ritorsioni da parte del sospettato, che pare uomo di provata prepotenza.

    – Da Tortona non si registrano novità di rilievo – fu la risposta che il magistrato Rosari affidò ad un corriere espresso. – Al fine di smuovere le acque, si potrebbe valutare di convincere il Procuratore del Re a spiccare mandato di fermo ai danni dell'oste e del figlio, approfittandone per interrogarli, sperando che nel frattempo qualcuno si decida a farsi avanti con delle prove concrete.

12
L'arresto

L'oste si accese l'ennesima sigaretta della nottata e tirò una lunga boccata, rilasciando una nuvola di fumo grigio dritta in faccia al ragazzo più giovane, che tossì cercando di divincolarsi.

– Il brigadiere si è diretto a passo deciso verso il bancone dietro al quale mi trovavo, intimandomi di non muovermi e di far chiamare mio figlio; ho tirato un urlo a mia moglie, e dopo un istante dalla cucina è uscito mio figlio Angelo. Nell'osteria ci saranno state quattro o cinque persone, non di più. Mi guardavano tutti con il volto pieno di preoccupazione, ma io non riuscivo a capire di essere in pericolo. Finché non ho visto i due carabinieri avvicinarsi estraendo un paio di manette ciascuno e legarle ai miei polsi e a quelli di mio figlio.

Nel buio della stanza, tutti rimasero per un attimo in silenzio. Erano da poco passate le cinque del mattino.

– Mia moglie Caterina è uscita trafelata dalla cucina chiedendo spiegazioni, ma nessuno si è sentito in dovere di dare una benché misera risposta a quella povera donna che piangeva lacrime di disperazione. Ho ancora davanti agli occhi lo sguardo spaventato di mia figlia Filomena mentre ci portavano via come due assassini qualunque: la fine peggiore per un padre di famiglia, credetemi.

Il più anziano tra gli uomini che si trovavano al cospetto dell'oste cercò di riportare la discussione sui binari originari, per evitare che il Malaspina ne uscisse ancora da vittima.

– Se i carabinieri hanno eseguito un mandato di arresto, devono per forza di cose esserci state delle prove a vostro carico, forza. Non stiamo qui a raccontarci delle stupidaggini!

Il Malaspina gonfiò il petto.

– Non c'era una prova contro di me. Non una per Dio!

– Aiutateci a capire, voi e vostro figlio siete stati arrestati sulla base di cosa?

– Io e mio figlio siamo stati arrestati sulla base di una sola prova, una prova alla quale non è concesso replicare, contro la quale non è ammessa difesa: la voce del popolo! – tuonò il Malaspina.

– Sentite, la giustizia è una cosa seria. Non si prelevano persone a caso dalle proprie locande per condurle in carcere sulla base del sentito dire o delle antipatie. E poi, una delle prime cose che ci avete detto, questa notte, è che la vostra famiglia è stimata e ben voluta da tutti!

L'uomo scosse la testa, poco convinto.

– Ci hanno incastrato. Anzi, vi dirò di più: ci hanno voluto incastrare. Sapete, una donna bella come mia moglie è il desiderio di tutti gli uomini di Varzi, e non vi dico mia figlia, quanti occhi ha già addosso! Ci hanno voluto allontanare dalle donne perché chissà cosa bramavano, quelle menti malate! Ma che provino solo a toccarle, che i conti poi li faranno con il sottoscritto!

– Beh insomma, voi siete un bell'uomo – disse uno degli interlocutori. – Non mi stupisce che abbiate trovato una bella moglie – aggiunse, toccando con la gamba il ragazzo che sedeva accanto a lui, come a dirgli *stai a vedere adesso.*

Il Malaspina incassò con estrema sorpresa il complimento gratuito, faticando a nascondere un'espressione compiaciuta. Quindi, avvistata la strada in discesa dinnanzi a lui, vi si lanciò senza freni, guidato dalla sua ignoranza.

– Vedete, in fin dei conti ciò che conta non è nemmeno tanto l'esser belli. Sì, quello mi ha aiutato tante volte, ma le donne cercano sempre quel qualcosa in più, sapete… quella sicurezza che solo i veri uomini possono regalare…

Rimase per un istante a guardarsi le mani, quindi riprese.

– Non saprei dirvi quante donne ho avuto in vita mia. Tante, sicuramente, da non poterle contare sulle dita di due o tre mani. Forse quattro. E ho lasciato tutte con gli occhi pieni di lacrime, quando me ne sono andato. Un amante come me non l'hanno mai più trovato!

I tre uomini, nella penombra della stanza, si scambiavano fugaci occhiate di fronte alle parole dell'oste, che pareva non volersi fermare.

– E probabilmente ai loro mariti non stava bene che io fossi meglio di loro! E' questo il motivo per cui qualcuno si sarà presentato davanti ai magistrati a fare il mio nome: perché bussare alla porta della mia locanda per guardarmi negli occhi e dirmi *sono un cornuto* sarebbe stato troppo umiliante. Non trovate?

Gli interlocutori del Malaspina rimasero per un istante interdetti.

– Perché mai la gente dovrebbe arrivare a questi punti?

– Per invidia, per il gusto di incastrare un poveretto. Sapete, di gente cattiva ce n'è parecchia in giro e anche se sembrano tutti bravi cristiani, lavoratori onesti, poi le magagne saltano fuori e cercano di fartela pagare in un modo o nell'altro. Ve l'ho detto, io ho avuto una sola colpa: quella di ospitare quella donna nella mia locanda per servirle quella diavolo di minestra col formaggio! Tutti quelli che mi volevano male hanno utilizzato quella vicenda per mettermi in mezzo, punto!

– Sentite, Malaspina, ma almeno vi hanno dato la possibilità di difendervi? Dubito che voi siate qui all'esito di un processo celebrato in questo modo, sulla base del *sentito dire*.

– Siamo stati interrogati il giorno seguente. Io ai giudici ho ribadito quello che già ho raccontato a voi, vale a dire che venerdì 27 marzo non mi sono mosso di casa, perché era un giorno di mercato e non era prudente lasciare le donne a casa da sole per servire gentaglia ubriaca.

– Veramente a noi qualche ora fa avete detto di essere stato al Caffè del Popolo, la sera del 27 marzo – osò ribattere il ragazzo più giovane.

Il Malaspina sollevò un sopracciglio e lo guardò dritto negli occhi con aria di sfida. Fu allora che, prendendo la palla al balzo, dal fondo della stanza, l'uomo stempiato che se ne stava in disparte si avvicinò, e finalmente parlò.

– Sentite, Malaspina, non trovate sia giunto il momento di raccontare tutta la verità? Voglio dire, noi siamo rimasti qui buoni e tranquilli per cercare di farvi trascorrere una notte serena, ma non dovrebbe essere questo il nostro compito. Noi dovremmo raccogliere la vostra confessione, aiutarvi a purificare il vostro animo, non di certo fingere di lasciarci plagiare da uno sprovveduto.

Il Malaspina rimase di stucco, come se improvvisamente si fosse accorto di essere rimasto più solo di quanto già non fosse.

– A volte siamo costretti anche ad usare la

violenza, sapete? – rincarò la dose. – Questa notte il Padre Priore ci ha chiesto di non esagerare, anticipandoci però che voi non sareste stato un personaggio semplice da ravvedere e ora possiamo confermarlo. Ma in fondo, chi ce lo fa fare di infliggervi dolore, offese e umiliazioni al solo scopo di estorcervi una confessione che ormai appare inutile, supportata com'è da cotanta evidenza di prove?

L'oste si innervosì visibilmente.

– Io non devo confessare proprio niente! Basta, non siete neanche più disposti a credermi voi, cosa rimango qui a fare? Portatemi subito in piazza!

Il più anziano degli interlocutori intervenne per riportare tutto alla normalità.

– No, no, non vi alterate, continuate pure, vi ascoltiamo. Non date retta ai miei colleghi, sono solo stanchi dopo tutta la notte in piedi. Proseguite pure col vostro racconto… – fece, lanciando un'occhiata carica di sfiducia agli altri due uomini nella stanza, come a dir loro di lasciar perdere.

– La mia vita parla per me. Tutto il lavorare che ho fatto, nei diciotto anni che sono stato a Casei Gerola, nei successivi tre anni a Castelnuovo, negli ultimi tre a Varzi. Il 27 marzo non mi sono mosso da Varzi, dove sarei dovuto andare? Conoscevo quella donna per modo di dire, ve lo ripeto di nuovo: l'ho vista quel giorno in osteria e basta, e anche da lontano perché ero nel retro della cucina! Posso aver intrattenuto con la buonanima di suo marito qualche scambio di pollame, stupidaggini. Non era gente che frequentava la mia locanda, quindi per me non esistevano! Ma sono una persona buona, e il giorno successivo, quando mi hanno raccontato ciò che era accaduto, ho raggiunto quel luogo a me sconosciuto per vedere se la vittima fosse veramente quella donna che era entrata nella mia osteria, perché mi piangeva il cuore! Constatato che si trattasse effettivamente di lei, ho scambiato quattro chiacchiere con le persone che erano accorse a vedere, e sono tornato a Varzi per un altro sentiero, quello di Caposelva, fermandomi a bere a casa di conoscenti.

Gli interlocutori ascoltavano la confessione del Malaspina, che ora appariva più disteso, mentre parlava alternando le frasi a lunghi tiri di sigaretta. Erano le cinque e mezza del mattino e fuori cominciava ad intravedersi un po' di luce, che entrava dalla piccola finestruola laterale disegnando uno strano chiarore all'interno della stanza.

– La sera del 27 marzo mi sono messo a letto presto. Saranno state le nove, non più tardi. Ero così stanco dopo quella faticosa giornata di mercato, dal via vai che c'era stato all'interno dell'osteria fino a pomeriggio inoltrato, che mi sarei addormentato anche in piedi. Poi qualcuno ha bussato alla porta: dalla finestra ho visto che si trattava dei soliti miei clienti perditempo e così ho mandato mia figlia Filomena giù ad aprire e servirli, poco dopo raggiunta da mia moglie Caterina, mentre io sono rimasto in stanza a riposare. Mi ero ormai addormentato, quando quci fannulloni han preso a cantare, svegliandomi. Così, siccome il sonno mi era passato, ho pensato di scendere e mi sono messo a giocare a carte con due di loro, lo *Sternà* e il *Tapplino*, che se ne sono poi andati verso le 23. E finalmente, sono tornato a dormire nella mia stanza. Tutto qui.

Ogni volta che il racconto del Malaspina mostrava una contraddizione, il ragazzo più giovane, per dimostrare di essere attento nonostante l'ora tarda, toccava col ginocchio la gamba dell'uomo accanto a lui, che faceva cenno di sì col capo, come a dire di essersi accorto lui stesso della poca credibilità dell'oste.

Il Malaspina si versò un bicchiere e rimase ad osservare il vino.

– Questo vino sembra allungato con l'acqua. Noi a Varzi ce l'abbiamo più buono.

I suoi interlocutori allargarono le braccia, come a dire di non poterci fare niente.

– Mi hanno incriminato perché qualcuno a Casa Bertella ha affermato di avermi visto passare sul sentiero, sul far della sera. Sapete cos'è accaduto? Han visto passare l'assassino, e siccome questo indossava una carmagnola di velluto nero, sono venuti a rovinare la vita a me che ne ho una simile, ma in realtà è di colore caffè scuro, e che ho fatto fare a Brescia. Se solo avessi saputo che questa giacca mi avrebbe portato simili problemi, giuro che l'avrei lasciata dov'era!

– E' questa che portate indosso? Sembra nuova – gli domandò l'interlocutore anziano.

– Esattamente – fece l'oste. – Sembra

nuova perché mi è costata un mucchio di soldi e la conservo come fosse una reliquia! Ma sapete cosa mi fa più male, di tutta questa vicenda? Le accuse che mi hanno rivolto alcuni miei compaesani: dicono che io li avrei minacciati, ma minacciati di cosa? Io ho soltanto detto a quelli che ingiustamente mi accusavano che avrei portato queste loro calunnie dinnanzi alla magistratura. Che avrei dovuto fare? Restare immobile a farmi lanciare addosso ingiurie, scatenando la folla nei miei confronti? Ma scherziamo?

– Tutti hanno il diritto di difendersi. – disse l'anziano – L'importante è che voi abbiate avuto la possibilità di farlo attraverso un giusto processo.

– Noi, e parlo anche per mio figlio, questa possibilità non l'abbiamo avuta. Addirittura, i testimoni che abbiamo citato a nostra discolpa si sono presentati dinnanzi ai giudici dicendo che li avremmo raggiunti per costringerli a dichiarare il falso. Come vi sentireste, voi al mio posto?

Gli uomini nella stanza rimasero in silenzio.

– Tutto questo mi deprime, mi sfiducia,

mi lascia senza più parole. E' proprio questo il motivo che mi induce a pensare che vi sia in atto una congiura nei confronti miei e di quel povero ragazzo di mio figlio.

13
La voce del popolo

Il mandato d'arresto ai danni dell'oste e di suo figlio, rischiosa decisione del Procuratore del Re, aveva avuto come principale conseguenza l'improvvisa presa di coraggio di molti testimoni, che avevano chiesto di essere risentiti per correggere le proprie deposizioni e aggiungere maggiori particolari a quanto a suo tempo dichiarato agli inquirenti. Proprio quello che i magistrati Rosari e Olmi, che avevano fortemente auspicato il provvedimento restrittivo della libertà ai danni dei due, speravano accadesse.

Non ci era voluto molto, era bastato che trascorresse qualche giorno e che la notizia prendesse forma nella pancia della gente, per far sì che per le strade e nelle piazze di Varzi non si parlasse d'altro. Olmi, gran conoscitore della realtà varzese, era profondamente convinto che ciò sarebbe accaduto perché conosceva l'oste e ciò che di lui si raccontava. Era una figura energica, prepotente, che sembrava impossibile riuscire ad inchiodare alle proprie responsabilità: ci aveva già provato alcune volte in passato, senza fortuna, fermato ogni volta da qualcuno che contava più di lui. Questa volta, però, il fatto era stato commesso nella giurisdizione del Circondario di Tortona, e questo avrebbe potuto essere il particolare determinante.

Ora la strada, per gli inquirenti, sembrava in discesa e tutti coloro che avevano manifestato la volontà di farsi riascoltare vennero convocati per il giorno 29 aprile nella canonica della Chiesa di Castagnola, dove erano tornati, per l'occasione, i magistrati Rosari e Olmi, accolti con tutti gli onori del caso dal prevosto Don Severino Zerba.

Giovanni Tamburelli, tornato a casa in licenza militare intorno alla fine del mese di aprile, fu il primo ad essere ascoltato dai magistrati per aggiungere ulteriori informazioni al quadro probatorio. Dal racconto del ragazzo, che essendo lontano da casa da qualche mese non aveva un ricordo esattamente nitido degli oggetti di valore che potevano essere custoditi nel cascinale di Cà di Monte, emersero tuttavia ulteriori aspetti interessanti: pareva infatti che mancassero all'appello, oltre ad alcuni indumenti femminili ed oggetti di valore appartenenti alla cognata, anche due pistole. Dei soldi, già si era potuta constatare l'assenza.

– Buongiorno, signor Tamburelli.

– Buongiorno a voi, spero che abbiate delle buone notizie da darmi. Anzi, qualcuna già la conosco.

– Purtroppo le indagini sono coperte dal segreto, anche se possiamo lasciare filtrare un discreto ottimismo per la loro conclusione – fece il magistrato Rosari. – Oggi da voi avremmo bisogno però un veloce riepilogo di tutti gli oggetti di valore che si trovavano all'interno del cascinale di Cà di Monte.

– Dunque, cominciamo col dire che io sono via da gennaio e quindi non mi ricordo proprio bene tutto. Però so per certo che mia cognata possedeva in una scatoletta di legno cinque anelli, un paio di pendenti ed un fermaglio in placca.

– Questi oggetti non sono stati rinvenuti – fece Rosari, deciso. – pertanto, possono considerarsi ascritti al bottino. Proseguite pure.

– Gli oggetti che facevano parte della dote li avevamo in casa, in fondo mio fratello si era maritato solo da pochi anni, nel 1860. Ma non erano oggetti di particolare valore, erano stati acquistati alla fiera di Varzi da un ambulante. Avevamo però due pistole: la più vecchia delle due l'aveva acquistata mio fratello Giacomo…

Rosari lo interruppe.

– Avete un altro fratello?

– Non più, è mancato lo scorso anno mentre svolgeva il servizio militare a Genova. Capite adesso perché mia madre voleva che tornassi a casa?

Il magistrato aggrottò la fronte abbassando lo sguardo.

– Ah già, ora ricordo, ce ne avevano parlato alcuni testimoni. Capisco – disse il magistrato con un filo di voce appena. – E sento ancora più forte l'esigenza di scoprire la verità in questa vicenda, trovando e mandando alla forca quei due assassini senza scrupoli – aggiunse battendo la mano aperta sul tavolo, facendo volare via alcuni dei fogli che erano appoggiati davanti a lui.

– La prima pistola, dicevamo, l'aveva acquistata la buonanima di mio fratello Giacomo dal ciabattino di Castagnola, cinque anni fa, pagandola 6,50 lire. Quella nuova, invece, l'abbiamo acquistata due anni fa alla fiera di San Giorgio da un armaiolo, pagandola circa 5 lire.

– Di pistole non vi è più traccia – concluse Rosari.

– Se non ci sono più soldi, gioielli e pistole, l'unico che può essere stato è quella *ligèra* di *Pipòn*. Ho sentito dire che in quei giorni si aggirasse dalle parti di Cà di Monte: possibile che nessuno vi abbia detto nulla su di lui?

– Il suo nome non ce l'ha fatto nessuno, fino ad ora – fece deciso Rosari – e di questo dobbiamo prendere atto. Tuttavia, come sapete, è stato tratto in arresto insieme al figlio proprio pochi giorni fa per la presenza di alcuni importanti indizi a loro carico e i due sono successivamente stati interrogati nelle carceri di Tortona. Quel che posso dirvi è che dalle deposizioni è emerso che vostra madre, il giorno del delitto, abbia pranzato alla sua osteria nonché confidato, al di lui figlio Angelo, di essere alla ricerca di un tizio di Bognassi, tale *Giuseppin*, che avrebbe dovuto procurarle un surrogante per consentire a voi di rientrare a casa.

– Mia madre era una santa donna, ha fatto tutto quanto era nelle sue possibilità per riportarmi a casa e per questo non smetterò mai di ringraziarla. Anzi, mi sento anche in colpa perché è andata incontro al suo triste destino proprio mentre cercava di aiutarmi, ma sapete che c'è? Che purtroppo era una donna ingenua, senza malizia e proprio non ci riusciva a non raccontare i fatti nostri in giro. Sarebbe stato da tagliarle la lingua!

Rosari strinse le spalle, sconsolato.

– A proposito di lingua, sapete che mi ha rivelato *Michin* di Caposelva? – riprese Giovanni Tamburelli. – Che *Pipòn* gli disse, un giorno, che se mai qualcuno avesse osato fare il suo nome, lo avrebbe ridotto in tanti pezzi che il più grosso sarebbe stato la lingua!

Olmi prese nota su un foglio: *Michin* di Caposelva, altro nome da aggiungere alla lista dei testimoni. Partirono immediatamente due carabinieri per convocarlo.

– Prima di congedarvi, signor Tamburelli, sapete per caso dirmi qualcosa riguardo a questo *Giuseppin* di Bognassi?

Il Tamburelli scosse il capo poco convinto.

– Io non so chi sia. La gente della valle la conosco quasi tutta, chi per un motivo, chi per l'altro, ma a Bognassi non ho mai saputo che ci fosse qualcuno che risponde al nome di *Giuseppin*.

– E' preoccupante tutto questo – fece Rosari indispettito. – Questo tizio sembra essersi volatilizzato, tutti ne parlano ma nessuno l'ha mai visto: mi viene quasi da pensare che possa trattarsi di un bandito che abbia fornito false generalità a vostra madre. Certo, se così fosse, risalire a lui sarebbe praticamente impossibile – continuò Rosari nel suo ragionamento a voce alta – e sarebbe indubbiamente più saggio concentrarsi sulla posizione di *Pipòn* e di suo figlio.

Anche un ricco possidente di Casa Bertella confidò alcune interessanti notizie riguardo all'oste, una volta giunto davanti ai magistrati quel 29 di aprile.

– Le vostre generalità, cortesemente.

– Morelli Antonio fu Innocenzo, di anni 48, residente a Casa Bertella.

– Avete visto due figuri transitare sul far della sera a Casa Bertella, venerdì 27 marzo?

– Non personalmente, me ne ha però parlato il Pochintesta Giuseppe, che dice di averli ben visti e riconosciuti. Avevano con loro un cane.

– Ah sì?

– Certo, l'avete già ascoltato, vero? Vi ha già detto di aver riconosciuto nei due l'oste *Pipòn* ed il figlio di costui Angelo?

– Veramente no ecco…

– A me ha confidato di non avere dubbio alcuno.

– Se chi ha visto è reticente, può esser che tema vendette o ritorsioni. Ma ditemi, cosa ci potete raccontare, riguardo alla figura di *Pipòn*?

Il Morelli rimase per un istante a pensare, come se non trovasse le parole, che gli arrivarono di colpo poco più tardi.

– Prima di tutto *Pipòn* aveva effettivamente un cane, quindi potrebbe essere verosimile che si trattasse di lui, quella sera. E poi, un fatto interessante riguardo a *Pipòn* è accaduto il giorno successivo al delitto, ora che mi ci fate pensare. Il 28 marzo mio cugino, che si trovava a Nivione, salì alla volta di Cà di Monte per vedere cosa fosse accaduto: qui trovò *Pipòn*, che evidentemente era arrivato prima di lui, e di ritorno verso Varzi passarono da Casa Bertella. Incontrandoli, dissi loro di fermarsi per pranzo.

– Quindi il giorno successivo l'oste pranzò presso casa vostra?

– Più che pranzare bevve! – fece il Morelli. – Comunque, appena arrivarono, mentre stavamo scambiando quattro chiacchiere sull'accaduto, notai che *Pipòn* era parecchio nervoso e alla domanda di come poteva essere avvenuto l'omicidio, visto che ancora non avevo avuto modo di andare a Cà di Monte, improvvisamente prese la falce che avevo appoggiato al muro della stalla e iniziò a menar colpi nell'aria all'impazzata per spiegarci come, secondo lui, erano andate le cose.

– *Pipòn*?

– Proprio lui! Rimanemmo tutti di sasso, pareva un indiavolato. Diciamo che conoscendo la sua fama, qualche sospetto ci venne, ma provammo anche paura.

– Ascoltate, com'era vestito *Pipòn* quel giorno?

– Vestiva una carmagnola scura, che peraltro non gli avevo mai visto indosso perché solitamente ne portava una di velluto nero, e un cappello di feltro nero basso con larga tesa. Ricordo bene che gli chiesi se era già venuto il momento di fare il cambio di stagione coi vestiti, e che mi fulminò con un'occhiata intrisa d'odio.

– Prima di lasciarvi andare, signor Morelli, ancora un'informazione per essere certi di avere valutato bene ogni aspetto: quanto tempo si impiega per salire a Cà di Monte?

– Da Casa Bertella, a salire si impiega un'oretta circa; poco più di una decina di minuti in meno a scendere, diciamo.

– Ah, da Casa Bertella. Ma scusi, non esistono altre strade più brevi?

– Certo, c'è una strada più breve, ma anche più ripida, che sale da Caposelva e arriva a Dego: si risparmia almeno un quarto d'ora sia in salita che in discesa.

– E quale di queste due strade è più

fare pubblica ammenda. Quanto ho affermato in precedenza non corrisponde a verità: mi riferisco, in particolare, al fatto di non essere riuscito ad individuare chi fossero i due figuri che passarono, sul far della sera, a Casa Bertella. Posso affermare con certezza che si trattasse dell'oste *Pipòn* e del di lui figlio Angelo, ma non ho osato dichiararlo, a suo tempo, perché temevo che l'oste, essendo a piede libero, si vendicasse appiccandomi il fuoco alla cascina e che potesse uccidermi.

Olmi, con le braccia incrociate sul petto e gli occhiali sulla punta del naso, si stava gustando la sua vittoria.

– Mi pare di avervelo anche preannunciato, che sareste tornato qui a correggere le vostre dichiarazioni.

– Vi dirò di più. Pure il *Crovin*, Bertella Carlo, mi confessò a suo tempo di aver riconosciuto nei due individui *Pipòn* ed il figlio: la sera del delitto c'era la luna piena, e mentre stava orinando fuori dalla porta li vide passare e, cosa ancora più importante, li riconobbe anche mentre tornavano alcune ore più tardi. Il problema fu che anche loro videro lui. *Pipòn* si presentò a casa sua il giorno seguente, dicendo di voler comprare del vino, ma il *Crovin* gli disse di non averne in casa; l'oste insistette, disse che glielo avrebbe pagato subito, ma il Bertella rifiutò nuovamente, spaventato da quella visita inaspettata. All'ulteriore rifiuto, *Pipòn* gli si avvicinò e con tono minaccioso gli disse di badare bene di tenere a freno la lingua, se non avesse voluto vedersela tagliata in pezzettini.

Il magistrato dispose immediatamente di richiamare Carlo Bertella affinché potesse correggere la propria deposizione, ma fu lo stesso Pochintesta a bloccare Olmi.

– La buonanima del *Crovin* non potrà correggere proprio niente, purtroppo. E' mancato qualche settimana fa e dopo quanto accaduto a Cà di Monte, per il solo fatto di aver riconosciuto quei due, ha concluso male la propria esistenza, vivendo i suoi ultimi giorni nel terrore di subire ritorsioni: pensate che anche alla sera non si faceva più vedere in giro, lui che era sempre allegro e girava tutte le osterie di Varzi.

– Un'altra vittima di *Pipòn* – si lasciò scappare Olmi.

Il Pochintesta annuì.

– Così pare.

Venne inoltre identificato, e condotto davanti ai magistrati, il famoso *Michin* di Caposelva cui faceva riferimento nella propria deposizione il superstite Giovanni Tamburelli: si trattava di Bertella Domenico fu Bartolomeo, ed era un contadino cinquantenne. Chiamato a deporre, confermò personalmente le gravi minacce proferite da *Pipòn* a due donne di Casa Bertella che, mentre filavano la lana alla finestra, lo avevano visto passare la sera del 27 marzo diretto verso il luogo del delitto.

– Si presentò con il figlio Angelo a Casa Bertella con la scusa di chiedere alcune informazioni sulle indagini del delitto di Cà di Monte e radunate le due donne in un'aia disse loro che se avessero osato fare il suo nome, ne avrebbe ridotto le lingue in tanti piccoli pezzettini che il più grande sarebbe stato impossibile da vedere. Disse loro di non provare ad interessare i rispettivi mariti, che altrimenti sarebbe loro toccata una sorte ancora peggiore, perché le questioni tra maschi si aggiustano in maniera ancora più brutale.

Rosari pareva sconvolto. – Ma davvero

può esistere un personaggio di così bassa levatura morale? – chiese al *Michin*, mentre accanto a lui il magistrato Olmi sembrava già conoscere in anticipo la risposta.

– E avreste dovuto vedere il figlio – rincarò la dose il testimone. – Quando il padre diventava così minaccioso, sembrava volesse spronarlo ad essere ancora più violento. Pareva gli piacesse vedere la paura negli occhi della povera gente indifesa.

– Voi come fate ad avere conoscenza di queste circostanze?

– Per puro caso, mi trovavo nello stesso cortile, all'interno della stalla di un parente e mio malgrado sono stato spettatore della scena da una feritoia nel muro, indeciso se intervenire o farmi i fatti miei. Sapete, non si può mai sapere come andrà a finire in quei casi e uno pensa anche alla pelle da portarsi a casa…

Rosari sembrava imbambolato, mentre scrutava il testimone con gli occhi chiari fuori dalle orbite. Ma il *Michin* non aveva ancora terminato.

– Pensavo avessero finito di intimorire la gente e fossero ormai sul punto di andarsene, quando ho assistito a una scena curiosa, che bene racconta che tipo di personaggi fossero quei due. Il figlio Angelo, afferrata per un braccio una delle due poverette, la scagliò contro il muro della stalla al cui interno mi trovavo e gridò al padre in dialetto *Pipìn, fate vedere a questa donna che cosa potremmo farle, se la scoprissimo a parlare!* E l'oste, perso totalmente il controllo, anziché gettarsi sulla donna paralizzata dalla paura, si scagliò verso il figlio con calci e pugni gridandogli *quante volte ti ho detto di non chiamarmi Pipìn!*

Rosari era attonito. – Credo che arrestarli sia stato uno dei più grandi favori che potevamo fare a queste valli.

Il quadro si andava via via componendo e la voce del popolo cresceva impetuosa. I sospetti a danno dell'oste non provenivano solo da Varzi, dove tutti lo conoscevano, ma anche dalla pianura dove *Pipòn* aveva vissuto in precedenza: il sindaco di Casei Gerola, a seguito di specifica richiesta di informazioni, scrisse in una lettera che gli si riconosceva d'essere *rissoso e manipronto*, mentre da Castelnuovo Scrivia scrissero che la sua condotta non appariva eccessivamente regolare, poiché *la voce pubblica lo accusava di essere dedito al gioco e alle donne di mondo.* Si scoprì anche, attraverso ulteriori testimonianze, a dire il vero mai riscontrate nei fatti, che *Pipòn* aveva dovuto lasciare Castelnuovo a seguito di un furto operato ai danni dell'allora parroco, che mise a tacere il tutto dietro la promessa dell'oste di andarsene.

Ma era dalla valle Stàffora che i maggiori indizi di colpevolezza ai danni dei due si facevano largo. Davanti ai magistrati si presentò, quel 29 aprile, Malaspina Felice fu Carlo, detto *Fassinino*, garzone mugnaio quarantaseienne, che fornì alcuni dettagli che si rivelarono decisivi per le indagini.

– La mattina seguente l'omicidio, all'alba, ho incontrato sul Reponte Inferiore Filomena, la figlia di *Pipòn*. Tornava dall'acquedotto dei Molini, dove era stata a lavare i panni nello Stàffora.

– E cosa ci sarebbe di strano in tutto ciò? Mi sfugge qualcosa – disse Rosari.

– Diciamo che non ci sarebbe stato

bisogno, per la ragazza, di andare fin là per lavare i panni: l'acquedotto dei Molini si trova in località Cappuccini, diverse centinaia di metri fuori dal paese, ma il fiume passa anche all'interno di Varzi. Normalmente i panni si lavano nei canali dai quali scendono i piccoli rii che poi finiscono in Stàffora, ne passa uno proprio accanto all'osteria, tra l'altro.

– In effetti avete ragione – fece Olmi, che vivendo a Varzi ben conosceva quei luoghi.

– Vi dirò di più, mi sono insospettito perché la ragazza non aveva con sé altri vestiti, quando la incontrai, e mi disse che aveva smarrito un paio di pantaloni che le erano stati trascinati via dalla corrente. Mi chiese se avessi trovato qualcosa al mulino, ma le dissi che non mi ero accorto di nulla, ed era la verità. Le domandai come mai si fosse recata fino ai Cappuccini per lavare i panni e, beata ingenuità, mi disse che era stato un preciso ordine del padre e che se non l'avesse fatto, sarebbe stata picchiata.

– Poi siete venuto a sapere dell'arresto di *Pipòn* e avete collegato tutte queste circostanze…

– Ma certo, senza dimenticare che anche io ho notato, come hanno notato tutti a Varzi, che dal giorno seguente l'omicidio *Pipòn* si era cambiato d'abito, circostanza abbastanza strana perché la fine di marzo è ancora un po' presto per fare il cambio di stagione. Sapete, tra braghe smarrite, carmagnola nuova e scarpe rosse si fa presto a fare uno più uno.

– Scarpe rosse? – tuonò un incredulo Rosari.

– Non ditemi che non sapete quella delle scarpe rosse!

– No!

– Volete farmi credere che nessuno vi ha raccontato quella delle scarpe rosse?

– Sentite, se avete delle informazioni importanti datecele, punto!

– Il giorno seguente il delitto, *Pipòn* e il figlio Angelo sono saliti a Cà di Monte a vedere cos'era accaduto, di questo ne siete al corrente vero?

– Certo – fece scocciato Rosari – questo ce lo hanno dichiarato in molti, compreso lo stesso oste nel primo interrogatorio.

– Posso sapere cosa vi ha raccontato al

riguardo? – disse curioso il mugnaio.

Il magistrato sbuffò.

– Ve lo dico subito, non è possibile andare a spifferare a destra e a sinistra il contenuto degli interrogatori: sono atti coperti dal segreto, qui non siamo al mercato.

– E forza, giudice, fate uno strappo alla regola. Sto per rivelarvi la notizia che chiuderà le indagini sul delitto di Cà di Monte!

– Qui siamo arrivati al punto che sono io a dover parlare, anziché i testimoni. – fece un incredulo Rosari – Però questa informazione mi serve come il pane e non posso lasciarmela sfuggire. Tirò un lungo sospiro, quindi riprese.

– Allora, *Pipòn* ha dichiarato di non essere riuscito a vedere la scena del delitto perché, mentre saliva la scala appoggiata al cascinale, il figlio gli ha impedito di proseguire oltre per paura che potesse cadere, visto che soffre di giramenti di testa. Quindi si è dovuto limitare a farsela raccontare da chi, coi propri occhi, l'aveva vista. Forza, ora tocca a voi… – disse, accavallando le gambe e facendosi indietro con la seggiola.

– Oh oh oh… – si lasciò scappare

Fassinino. Poi tornò serio. – In effetti non vi ha mentito più di tanto, sulla scala ci è salito in effetti, ma solo per un breve tratto. Poi il figlio l'ha preso per la carmagnola, tirandolo quasi giù di peso: per poco non lo buttava a terra, tanto che tutti ci siamo voltati a guardare cosa diavolo stessero combinando quei due.

– Non capisco – fece Rosari, pensieroso, mentre Olmi accanto a lui sembrava seguire il racconto del mugnaio incantato dalla curiosità.

– Ve lo immaginate un personaggio come *Pipòn*, con la sua prepotenza, la sua baldanza, che viene tirato giù di peso dalla scala da quella lucertola del figlio e non lo prende a schiaffi davanti a tutti? Vi pare forse che un arrogante come lui possa giustificare una siffatta mancanza di rispetto nei suoi confronti?

– Beh, no, in effetti. Che ha fatto, l'ha picchiato lì in mezzo alla folla?

– Non quel giorno. Quel giorno sembrava un agnellino, mansueto, per poco quasi non ringraziava il figlio per avergli evitato di salire fino in cima alla scala.

– Perché non cadesse a causa dei suoi giramenti di testa? – domandò Rosari.

– Certamente no. – fece tranciante, il mugnaio.

Il magistrato rimase a pensare.

– Per evitare che si impressionasse nel vedere la scena del crimine?

– No, a questo non ci credete nemmeno voi, dottor Rosari…

Anche Olmi sorrise. – Sì, forse vi siete fatto prendere un po' troppo la mano!

– Ma allora – riprese un dubbioso Rosari – per quale motivo *Pipòn* non ha osato toccare il figlio che l'aveva quasi umiliato tirandolo di peso giù dalla scala, davanti a tutti?

– Perché mentre *Pipòn* saliva, il figlio che si trovava ai piedi della scala si era accorto che suo padre, nonostante tutta la strada percorsa, aveva ancora le suole delle scarpe macchiate del rosso del sangue dei Tamburelli! E non solo il figlio si è accorto di questo piccolo dettaglio, perché tutti coloro che si trovavano a Cà di Monte hanno potuto vedere in faccia l'assassino, e anzi, vista la reazione del figlio, gli assassini!

Rosari rimase di stucco.

– Ma per quale diavolo di motivo nessuno ha mai osato parlare?

– Per paura, signor giudice. Tutti sapevano, tutti quelli che erano sul luogo del delitto il giorno seguente hanno visto. Tutti ne hanno parlato in famiglia, passandosi la notizia nell'orecchio, nel chiuso delle proprie mura. Nessuno, però, ha osato mettere in pericolo la propria vita venendo alla canonica di Castagnola a raccontarvi che *Pipòn* aveva le suole macchiate del sangue di quegli innocenti! Quel farabutto aveva già minacciato tutti quelli che potevano aver visto o sentito qualcosa, spaventandoli a morte! Sapeste quanta gente è entrata nell'osteria di *Pipòn* senza più uscirne sulle proprie gambe... chissà, qualcuno magari è addirittura finito in un pentolone! E solo ora che i due criminali sono stati tratti in arresto, la notizia è uscita dai muri delle case spargendosi per la valle: ora la gente ne parla, e state certo che dopo di me arriveranno altri a raccontarvi le stesse cose. Per fortuna, i colpevoli sono stati assicurati alla giustizia e quindi la verità è riuscita a venire fuori: di questo siamo tutti lieti, credetemi.

– Siamo noi i primi ad esserne lieti, e a ringraziarvi per avere rotto questo muro di omertà. Sarebbe stato più giusto denunciare, ma bisogna fare in modo che in futuro, paure del genere, non debbano più esistere.

Congedato *Fassinino*, che uscì dalla stanza tutto baldanzoso dopo aver scoperto che nessuno, prima di lui, aveva osato rivelare il mistero delle scarpe rosse, i magistrati rimasero nella canonica per trarre le conclusioni del caso, ammettendo all'interno solo il brigadiere di Varzi Malpasciuti, due carabinieri a presidio dell'ingresso e il parroco di Castagnola.

Fu proprio Don Severino Zerba a fugare gli ultimi dubbi degli inquirenti, confermando loro che dopo l'arresto di *Pipòn* e di suo figlio Angelo, in valle sembrava essere tornata a regnare la tranquillità.

– Vogliamo brevemente ricapitolare il quadro attuale? – fece il parroco, improvvisatosi alla direzione delle operazioni, ruolo in cui, peraltro, risultava abbastanza credibile. – Parliamo di elementi incontrovertibili, attenzione: il primo è che *Pipòn* fosse effettivamente al corrente della ricerca di un surrogante da parte della vedova Tamburelli, nonché della elevata disponibilità economica della donna poiché la stessa aveva ammesso di averne parlato con il figlio dell'oste, e come peraltro *Pipòn* stesso ha confermato nel suo interrogatorio.

– E fino a qui, ci siamo – rispose Olmi.

– Secondo: la sera del delitto, e abbiamo qui il brigadiere Malpasciuti che ce lo può riconfermare personalmente, *Pipòn* e il figlio Angelo non erano presenti all'osteria e dalle testimonianze raccolte è emerso come la loro assenza si sia protratta all'incirca dalle ore 20 alle ore 23,30.

– Ci siamo – fece Rosari, camminando nervosamente per la stanza con le mani in tasca.

– Terzo: la mattina seguente il delitto, la figlia di *Pipòn* è stata vista lavare i panni in Stàffora in una località isolata dove mai era stata vista recarsi in precedenza, e ha riferito di aver perso per colpa della corrente del fiume i pantaloni del padre, che mai sono stati rinvenuti.

– Perfetto – osservarono in coro i magistrati.

– Quarto: dal giorno successivo al delitto, l'oste non ha più indossato la carmagnola di velluto nero che era solito portare.

– Ci siamo – disse Olmi – e giova bene ricordare, nella requisitoria che stenderemo per il Procuratore del Re, che il cambio d'abito solitamente è stagionale, aspetto che può magari essere ignorato dai giudici.

– Infine – concluse don Zerba – quella che è un po' la prova che mette *Pipòn* con le spalle al muro, ovvero le suole delle scarpe insozzate del sangue dei Tamburelli, circostanza emersa dalle deposizioni odierne.

– Sapete qual è la mia preoccupazione? – intimò Rosari. – Che qui non c'è lo straccio di una prova contro *Pipòn* e suo figlio Angelo. Ci sono alcune circostanze, alcuni indizi tuttalpiù, ma nessun elemento capace di inchiodare quei due alle proprie responsabilità.

– Ma come – intervenne don Zerba – e il fatto che in molti abbiano testimoniato di aver visto con i propri occhi i due che salivano, nel buio, verso Cà di Monte per poi ridiscenderne alcune ore più tardi? Sono tutti ancora qui fuori, potete richiamarli uno per uno e farvi confermare ancora per una volta, se ce ne fosse bisogno, tutte queste circostanze!

– Diciamo che è tutto un sentito dire –

precisò il brigadiere Malpasciuti – e anche coloro che riferiscono di aver riconosciuto l'oste si sono corretti e smentiti più volte. Insomma, non proprio informazioni di prima mano ed estremamente attendibili, ecco.

– Dipenderà molto dalla corte – fece pensieroso Rosari – e dalla fretta che avrà di concludere questa vicenda. Ma ricordatemi un particolare – disse, rivolto ad Olmi. – Quel tizio che doveva procurare il sostituto alla famiglia Tamburelli, come si chiamava più...

– *Giuseppin?*

– *Giuseppin*, esatto. Che fine ha fatto? L'abbiamo mai ascoltato?

– Ehm no – si giustificò Olmi – in realtà non è mai stato identificato.

Rosari rimase in silenzio a fissare il collega.

– Purtroppo *Giuseppin* di Bognassi è il tassello mancante di tutte le indagini – fece il piccoletto Olmi quasi scusandosi. – Non ne abbiamo la certezza, ma trovarlo e condurlo davanti a noi avrebbe potuto completamente stravolgere il corso degli eventi.

– Capisco – tagliò corto Rosari. –

Bognassi è un paese, vero? – disse riprendendo in mano la cartina realizzata tempo addietro dal parroco di Castagnola e scrutandola attentamente.

– Sì, una piccola frazione nei dintorni di Varzi, sulla via del Pénice – intervenne don Zerba.

– E anche chiedendo tra gli abitanti di Bognassi non si è riusciti a risalire a questo tizio?

Olmi scosse il capo.

– Riferiscono di non conoscerlo.

Rosari tirò un pugno sul tavolo.

– Mi mangerei le mani! Se non ricordo male, qualcuno aveva testimoniato che il bandito Rivabella avesse personalmente visto il *Giuseppin* durante la sua permanenza a Cà di Monte, quando costui raggiunse la vedova Tamburelli per trattare la surrogazione del figlio.

– Si trattava di Desiderio Zerba, se non vado errato – rispose secco il magistrato di Bobbio.

– Esatto! – fece Rosari con il dito indice puntato verso il collega. – Sono stato uno stupido, prima di consegnare il Rivabella ai carabinieri di Sale avrei dovuto domandargli di fornirmi una descrizione fisica di quell'uomo, magari avrebbe potuto aiutarci ad identificarlo. Ma quel giorno ero inviperito, mi era appena sfumata davanti agli occhi la possibilità di risolvere brillantemente quel difficile caso e non ero lucido come dovrebbe essere un magistrato concentrato sul proprio lavoro.

Olmi annuì, riconoscendo la mancanza.

– Vedete Olmi, per me queste indagini sono molto importanti. Rappresentano una delle poche occasioni che ho per mettere in mostra le mie capacità: lo sapete meglio di me, da queste parti eventi simili non sono all'ordine del giorno e bisogna accontentarsi di vivacchiare alla giornata. Consegnare velocemente alla giustizia un colpevole, per me significherebbe dimostrare di essere all'altezza di incarichi più elevati.

– Capisco, – fece Olmi comprensivo – non c'è bisogno di troppe spiegazioni. Io stesso ragionerei nel vostro modo, se fossi nella stessa situazione. Ma che volete, ho svolto il mio servizio per una vita intera tra queste montagne, ho trovato moglie a Varzi, abbiamo due figli… diciamo che quello che potevo ottenere a livello professionale, credo di averlo ottenuto. Voi siete giovane, è giusto che aspiriate a nuove sfide.

– Seguire la pista di *Giuseppin* avrebbe potuto aprire nuovi scenari, questo è fuor di dubbio – proseguì Rosari. – Ma è anche vero che la giustizia vuole un colpevole e noi dobbiamo assicurarglielo nel più breve tempo possibile. *Pipòn* ne ha combinate di ogni, sembrava quasi che il popolo non vedesse l'ora di farselo arrestare sotto agli occhi.

Quello che nessuno aveva compreso, quel giorno, era che ben più di due colpevoli erano appena stati consegnati alla giustizia.

14
Confessione

– Dov'era vostro figlio la sera del delitto?

– A casa, dove volete che fosse? – fece secco il Malaspina. – Era stanco pure lui, quel venerdì avevamo avuto parecchio da fare e si era coricato presto esattamente come me. La mattina seguente si sarebbe svegliato, come ogni giorno, prima dell'alba: faceva il garzone nella falegnameria del Mazza, a Varzi, e quando terminava veniva a darci una mano in locanda. L'hanno svegliato quei perditempo che hanno bussato alla porta dell'osteria per farsi aprire, ma anche lui è rimasto nella sua stanza lasciando che fossero la madre e la sorella a scendere a servirli. Abbiamo fatto le stesse identiche cose quella sera, io e Angelo: abbiamo riposato. L'unica differenza è stata che io, non riuscendo a prendere sonno, sono sceso a cantare con gli altri, mentre lui è rimasto a letto. Anzi, sapete che vi dico? Che la circostanza che lui dormisse era incontestabile, perché un avventore che ha chiesto una stanza per la notte ha dormito proprio nel letto accanto a mio figlio!

– E perché mai, non avevate altre stanze?

L'oste pensò un attimo prima di rispondere.

– Certo che avevamo altre stanze, ma per non sporcarne una in più gli abbiamo chiesto se gli andava di dividere il sonno con mio figlio. I miei clienti non sono mica così schizzinosi come voialtri cittadini!

I tre uomini avevano ormai rinunciato a ottenere qualche informazione attendibile dall'oste, figurarsi una confessione. Lo ascoltavano distrattamente, sperando in cuor loro che passasse velocemente quel poco tempo che li separava dal sorgere del sole.

– Non l'ho più visto dal giorno in cui ci hanno condotto in carcere a Tortona. Ci hanno separato appena prima dell'interrogatorio – e tirò un lungo sospiro, mentre alcune lacrime gli solcavano il volto. – Mio figlio, il regalo più grande che il Signore mi ha dato. Meno male che almeno lui è riuscito a salvarsi, sono certo che saprà portare con orgoglio il mio cognome per il resto dei suoi giorni – continuò prendendosi il volto tra le mani.

– Ma come è riuscito a salvarsi? Non è stato condannato ai lavori forzati? – sussurrò il giovane all'orecchio dell'uomo seduto accanto a lui.

L'anziano annuì. – A vita – aggiunse solo muovendo le labbra.

Il giovane scosse il capo e si avvicinò nuovamente all'orecchio dell'uomo.

– Ma non ha proprio vergogna, è convinto di poter continuare a mentire in eterno?

– Magari non è al corrente del destino del figlio, – disse sottovoce l'uomo – dipende da cosa gli hanno comunicato i giudici in carcere.

Il ragazzo fu sorpreso da questa notizia a cui, effettivamente, non aveva pensato. – E se glielo dicessimo noi? Potremmo farlo crollare definitivamente e magari convincerlo a confessare…

L'uomo si voltò verso il ragazzo e fece segno di no.

– Non mi sento di essere così inumano. Vediamo se il sacerdote riuscirà dove noi abbiamo fallito.

Il giovane, pur deluso dal mancato accoglimento della proposta, sembrò comprendere.

– Vi manca molto vostro figlio? – chiese l'uomo più anziano.

– Certo che mi manca, non ve lo posso nascondere. Che vi devo raccontare, mio figlio è un ragazzo d'oro. Ha la bellezza dei vent'anni, un volto sbarbato con i lineamenti decisi come i miei, una pelle giovane e una corporatura snella. Mi rivedo molto in lui – sorrise l'oste – forse perché ci assomigliamo tantissimo: me lo dicono tutti che a volte si fa quasi fatica a distinguerci! Fosse solo un poco più robusto…

L'oste ricacciò velocemente in tasca i sentimenti, mettendo in mostra ancora per una volta, forse l'ultima, la sua proverbiale arroganza.

– Comunque sentite, le cose sono andate così. Io e mio figlio siamo totalmente estranei a questa vicenda, siamo stati messi in mezzo dal sentimento popolare montato da chi ci voleva male, punto. Non ho altro da raccontarvi e non so che cosa diavolo vi aspettiate ancora di sentire dalla mia bocca. Ho mentito riguardo al

Rivabella, non sapevo nemmeno chi fosse ma pensavo potesse esser lui il colpevole. Visto che lui non era, vorrà dire che sarà stato quel diavolo d'un *Giuseppin* che sembra scomparso nel nulla. Adesso per favore andate dal Procuratore del Re, dai giudici, da chi volete voi e intimategli di fermare questa farsa perché io non mi sto affatto divertendo! Prima però allungatemi ancora un po' di vino perché qui il bottiglione piange – disse il Malaspina vuotandosi nel bicchiere l'ultimo goccio di vino rimasto.

– Mi spiace ma dovete farvelo bastare. E' tutta la notte che vi stiamo concedendo troppi strappi alla regola, abbiate almeno il buonsenso di non chiedere altro, vista la totale assenza di collaborazione da parte vostra!

– E forza! – disse l'oste battendo il pugno sul tavolo, facendo sobbalzare il bicchiere. – Mi volete negare anche la gioia di bere un ultimo bicchiere, oltre ad avermi dato del vino cattivo e a non avere creduto ad una sola parola di tutto ciò che vi ho raccontato.

– Non insistete, è inutile. Anzi, visto che sta albeggiando, è bene che sappiate che non ci rimane molto tempo per recitare i salmi e per confessare i vostri peccati, se lo vorrete.

– Stupidaggini! – fece il Malaspina, accompagnando l'esclamazione con un gesto netto della mano, prima di trangugiare il bicchiere lasciandolo vuoto sul tavolo.

– Se lo dite voi…

– Perché mai dovrei confessarmi? Confessare cosa? A chi? Se quello che voi chiamate Dio esistesse davvero, non mi avrebbe condotto in carcere prima a Tortona e poi ad Alessandria, spinto da giudici incompetenti e dalla voce meschina del popolo! Se Dio esistesse davvero, non avrei dovuto difendermi da accuse infamanti davanti a una giuria di persone in malafede! Se Dio esistesse davvero non sarei qui davanti a tre individui di cui nemmeno conosco il nome, a cercare di spiegare come sono andate veramente le cose! Dio è solo una scusa! Una scusa per giustificare tutto ciò che nella vita non va come vorreste che andasse! E' la scusa di chi non vuole il formaggio sulla minestra nei venerdì di quaresima e poi offre un riparo ai banditi per dormire la notte e ci fa affari!

Mentre inveiva contro i tre uomini seduti dinnanzi a lui, l'oste aveva il volto segnato e gli occhi gonfi di rabbia: pareva quasi che, compreso che sarebbe andato a vuoto anche quell'ultimo, disperato, tentativo di salvarsi, avesse completamente perso la testa.

Rimase per qualche istante a guardarli con gli occhi fissi, quindi si alzò dalla seggiola traballante su cui stava seduto da più di sei ore, dirigendosi verso la piccola finestra con le sbarre che guardava verso il cortile del confortatorio. La luce del sole aveva nel frattempo invaso tutta la stanza, che ora sembrava molto più grande di quanto lo fosse stata per tutta la notte e anche chi aveva condiviso con lui quelle interminabili ore, sembrava adesso avere un volto, delle espressioni e non soltanto degli anonimi lineamenti nascosti dal buio. L'oste dava le spalle ai propri interlocutori, e impugnava le sbarre della finestruola scrutando con preoccupazione verso il nuovo giorno che stava per sopraggiungere mentre la città, fuori, iniziava a svegliarsi.

15
Il processo

Il processo ai danni dell'oste *Pipòn* e di suo figlio Angelo prese formalmente avvio davanti alla Corte di Assise di Alessandria il primo di marzo del 1864, dopo che quasi un anno era trascorso tra la stesura della requisitoria da parte dei giudici istruttori, la richiesta di rinvio a giudizio del Procuratore del Re e le ultime formalità burocratiche. L'accusa, ai sensi degli articoli 596 e 597 del vigente Codice Penale, era quella di omicidio plurimo a scopo di grassazione.

Vennero chiamate a testimoniare cinquantacinque persone, che sfilarono ininterrottamente davanti ai giudici per quasi tre giorni. Tuttavia, il numero dei testi scese di parecchie unità perché molti erano nel frattempo diventati irreperibili e altri erano partiti per la stagione dei risi.

Appena iniziato il processo, un rigurgito

di campanilismo giunse inaspettato da Varzi, con la giunta comunale che si schierò con decisione in difesa dei due compaesani: il Sindaco per primo e gli assessori tutti, avevano infatti sottoscritto una delibera che gettava pesanti ombre sull'operato della Magistratura, mentre stimati personaggi e professionisti del paese avevano inviato un esposto alla Corte chiedendo di essere ascoltati per portare elementi a sostegno dell'innocenza dei due grandi accusati.

Se il giudice istruttore Rosari ci rimase male, perché durante la fase delle indagini costoro non avevano minimamente collaborato, ancora peggio la prese il magistrato Olmi che dal suo ufficio di Varzi dove seguiva l'evolversi del processo, informato costantemente dal collega di Tortona, vide riaffiorare i fantasmi del passato, gli stessi che più di una volta gli avevano impedito di trarre in arresto quell'uomo.

Nella mente di Rosari si affacciò, più che lecito, il dubbio di avere commesso un grande errore chiedendo l'arresto di *Pipòn* e del figlio, vista l'improvvisa levata di scudi da parte di quei personaggi così influenti nella vita varzese e, ancor di più, della classe politica, tanto che iniziò a temere per l'auspicata promozione: quando si pestano i piedi a qualche pezzo grosso – pensava – va a finire che poi ci si rimette il posto.

I timori, tuttavia, impiegarono poco tempo a scomparire perché tutti i politici varzesi che avevano sottoscritto la delibera, nonché i professionisti firmatari dell'esposto, una volta chiamati a confermare dinnanzi alla Corte le proprie pesanti illazioni, non si dimostrarono così risoluti nei loro propositi, dissolvendosi come la foschia del mattino sullo Stàffora. Adducendo le più svariate ed improponibili giustificazioni, scansarono la convocazione dei giudici lasciando l'oste ed il figlio soli di fronte ai propri accusatori, in balìa del proprio destino. Anche l'avvocato di *Pipòn*, intravedendo maggiori possibilità di salvezza per il figlio, rifiutò di difenderlo lasciandogli come unica alternativa la poco convincente difesa di un avvocato dei poveri.

Non fecero passi indietro, invece, tutti coloro che erano già stati ascoltati, i quali tornarono davanti alla Corte per confermare la loro versione dei fatti, come se ormai l'arresto dei due grandi indiziati li avesse liberati dal peso delle minacce e delle ritorsioni.

Il processo confermò che molti testimoni avevano riconosciuto i due mentre salivano a piedi verso Cà di Monte la sera del delitto e, alcune ore più tardi, mentre ridiscendevano nel buio in direzione di Varzi: a sostegno di queste dichiarazioni, i testimoni ribadirono le gravi minacce rivolte da *Pipòn* nei confronti di tutti coloro che potevano avere notato la loro presenza.

Era circostanza ormai acclarata quella secondo cui l'oste ed il figlio fossero a conoscenza della ricerca di un surrogante da parte della vedova Tamburelli, così come i due avessero conoscenza dell'elevata disponibilità economica della donna, che pranzò all'osteria il giorno dell'omicidio.

Era emersa in maniera incontrovertibile anche la sostanziale irreperibilità dei due accusati dalla propria locanda la sera del 27 marzo, nella fascia oraria in cui potrebbe essersi verificato il crimine: *Pipòn* era stato in un'altra osteria fino alle ore 20 nel tentativo di costruirsi un alibi, quindi di lui non si avevano più notizie fino alle 23,30 circa, orario in cui faceva ritorno nella propria osteria abbigliato come se provenisse dall'esterno e non dalla camera al piano superiore nella quale aveva dichiarato di riposare. Nello stesso intervallo di tempo, del figlio non vi era traccia: egli dichiarava di riposare in camera, smentendosi tuttavia più volte nel corso degli interrogatori in carcere.

L'oste, ritornato a notte fonda nella propria bettola, si presentava abbigliato in maniera differente rispetto alla sera stessa: non vi erano più tracce, da quel giorno, della carmagnola di velluto nero che era solito indossare, né dei pantaloni scuri che la figlia Filomena sosteneva di aver perso a causa della corrente del fiume all'alba del giorno seguente l'omicidio, quando si era recata in un luogo lontano per lavarli su ordine del padre.

Tutti coloro che il giorno seguente erano presenti a Cà di Monte nei pressi del cascinale dei Tamburelli, avevano infine confermato di avere notato le suole delle scarpe dell'oste macchiate di sangue, circostanza che i due accusati avevano tentato maldestramente di tenere nascosta.

Pipòn ed il figlio, già in una difficile posizione per via delle pesanti evidenze nei loro confronti, vedevano inoltre aggravarsi la propria situazione quando, durante l'escussione dei testi citati dalla loro difesa, costoro ammettevano di essere stati avvicinati dalla moglie dell'oste nel tentativo di convincerli a dichiarare il falso.

Il Procuratore del Re, nel leggere le richieste di pena nei confronti degli accusati, concludeva sottolineando che, vista la sostanziale irrintracciabilità del più grande ricercato per questo crimine, ossia l'uomo conosciuto come *Giuseppin* di Bognassi, sia da parte dei Carabinieri che da parte dei testimoni per conoscenza diretta, i due arrestati, padre e figlio, parevano i più verosimili colpevoli dell'orrendo crimine, anche in considerazione del fatto che la voce di popolo additava *Pipòn* quale personaggio disonesto e poco raccomandabile, capace di rendersi protagonista di siffatte violenze.

Conclusa l'escussione dei testi, la giuria si ritirò a deliberare e il 5 marzo si pronunciò a maggioranza favorevole alla colpevolezza dei due imputati, con l'unica differenza che al figlio vennero concesse le attenuanti generiche, negate invece a *Pipòn,* come del resto paventato dalla difesa dell'oste: in conseguenza di ciò, il primo venne condannato ai lavori forzati a vita, mentre il secondo alla pena di morte da eseguirsi in Alessandria, con perdita dei diritti civili e obbligo di risarcimento agli eredi delle vittime.

Come diceva il magistrato Olmi, la giustizia ha i suoi tempi e giunta a quel punto aveva anche piuttosto fretta di mettere una pietra sopra a questa vicenda: ai due vennero concessi tre giorni di tempo per ricorrere in Cassazione e i difensori si dettero un gran da fare per terminare per tempo i documenti da allegare all'istanza.

Fu una corsa contro il tempo, che però non portò i frutti sperati. Era infatti trascorso poco più di un mese quando, dalla Cassazione, giunse il provvedimento che rigettava il ricorso per *Pipòn* ed il figlio Angelo. Era il 14 di aprile e pochi giorni dopo, all'inizio del mese di maggio, sulla scrivania del Sindaco di Alessandria arrivò una lettera del Procuratore del Re:

Sabato 28 corrente mese, allo spuntar del giorno, deve eseguirsi la sentenza di morte pronunziata da codesta Corte d'Assise il cinque marzo scorso, per grassazione con omicidio contro Malaspina Giuseppe, detenuto in queste carceri civili.

16

La buona morte

– Signor Malaspina, è stata una notte lunga e faticosa, molto diversa da quelle che siamo abituati a trascorrere con gli uomini chiamati al vostro stesso destino. Vedete, la nostra Confraternita della Misericordia, che per l'appunto è detta *della buona morte* ha il compito pietoso di assistere i condannati durante le ultime, drammatiche ore, offrendo loro tutto il conforto spirituale di cui necessitano.

Il Malaspina, voltato di spalle, nemmeno pareva ascoltare.

– Ci è parso che voi abbiate piuttosto bisogno di conforto terreno, che non spirituale. Avete esordito descrivendovi come un cristiano modello, ma per tutta la notte non ci avete manifestato la benché minima esigenza di confessare i vostri peccati, né di chiedere perdono per ciò che avete commesso e per cui siete qui a scontare questa pena. Ci siamo quasi sentiti in difficoltà perché più che una confessione, ci è sembrato di assistere alla difesa di un uomo che tenta, fino all'ultimo istante, di manipolare chi ha di fronte. Per questo abbiamo deciso di non forzarvi oltre, e giudichiamo concluso il nostro compito: ora attendiamo solo che chi di dovere venga a prelevarvi. Potrete, se lo vorrete, recitare le ultime preghiere e ottenere la confessione in presenza del sacerdote oppure direttamente al patibolo. Confessare un crimine orrendo come il vostro potrebbe liberarvi di un peso enorme, e garantirvi la salvezza eterna e l'accesso al Paradiso: non è mai troppo tardi per farlo, ricordate, ne rappresenta il perfetto esempio quanto accaduto al ladrone sulla croce accanto a Gesù.

L'oste scrutava attraverso le sbarre e lo sguardo vuoto cercava qualcosa a cui appendersi. Non rispose. Alle sue spalle, i tre presero a confabulare tra di loro.

– E' la tua prima impiccagione?

– La prima – rispose il ragazzo più giovane.

– Per forza – intervenne il più silenzioso tra i tre – saranno almeno due anni che non si regge in piedi la forca qui ad Alessandria…

– C'è sempre una prima volta – disse l'altro. – Chissà che poi non sia anche l'ultima, con l'aria che tira. Ricorda bene, quando il boia arriverà a chiamarci il tuo compito sarà quello di andare a raccogliere il grande crocifisso che ti abbiamo mostrato ieri sera, e di attenderci davanti alla porta. Quando giungeremo alle tue spalle, ti incamminerai a passo lento, precedendoci sempre di una decina di passi: ti dovrai fermare solo quando raggiungerai il vertice della piazza.

– Al vertice della piazza, ho capito – disse il ragazzo.

– Proverai una sensazione nuova, quella di attirare su di te e sul crocifisso che terrai ben sollevato in ciclo gli sguardi di tutta la piazza, facendo scendere su di essa il silenzio più profondo. Quando inizieremo a recitare i salmi, dovrai ripartire con passo cadenzato, seguendo il percorso che la Guardia Nazionale ti aprirà davanti ai piedi. Non badare agli insulti e alle bestemmie che udirai di tanto in tanto provenire dalla folla, concentrati sulla preghiera e ricordati qual è il nostro compito: quello di prenderci cura di chi non avrà più un domani e, al tempo stesso, cercare di infondere nella piazza quel senso di solennità che molti non riconoscono, partecipando ad occasioni come questa in nome della loro semplice sete di curiosità. Purtroppo, questa notte non ce l'abbiamo fatta a redimere il condannato, non riuscendo così ad ottenere quella scorciatoia per il paradiso a cui aspiriamo: ma non temere, ho visto diversi condannati chiedere in lacrime perdono dei propri peccati al solo avvicinarsi della corda e in quel caso, la bontà del nostro sforzo sarà comunque ricompensata.

– Assolutamente – disse risoluto il giovane.

– Una volta che avremo raggiunto il patibolo e che il condannato sarà ai piedi della forca, il tuo compito sarà quello di raccogliere l'elemosina della piazza, che utilizzeremo per adempiere alla sepoltura del corpo e alle ultime formalità, trattenendo per la confraternita quanto in eccesso, oltre alle vesti del condannato e ai suoi oggetti di valore. Ti raccomando, sopra ogni cosa, la massima discrezione, ricordandoti di agire nella massima umiltà e povertà.

Il Malaspina non si era mosso di un centimetro, totalmente assorto nei propri pensieri.

D'un tratto, si udì un rumore di passi avvicinarsi, ed era il primo rumore che osava interrompere quella fitta notte di dialoghi tra confortatori e condannato. Due pugni decisi fecero quasi tremare la porta e uno dei confratelli, di scatto, si avvicinò ad aprire: si portò sull'uscio un energumeno che a prima vista, venne quasi naturale identificare con il boia.

– Malaspina Giuseppe detto *Pipòn*, è giunta la vostra ora.

Il Malaspina rimase dinnanzi alla finestruola, senza nemmeno voltarsi e allontanò solo le mani dalle sbarre per unirle dietro alla schiena.

Il boia gli si avvicinò con una spessa corda in mano, che utilizzò per legargli ben stretti i polsi; nel mentre, trafelato, entrò dalla porta aperta un sacerdote con un breviario sgualcito in mano, che salutò con un cenno del capo i confratelli.

Il confratello che più si era dilungato nel

dialogo col Malaspina rimase a guardarlo con il volto corrucciato, come a lasciargli intendere che non sarebbe stato semplice avere a che fare con il condannato. Il sacerdote gli si avvicinò, parlandogli a bassa voce.

– Niente da fare?

– Macché, padre, costui non ne vuole sapere di ammettere le proprie colpe. E' stata una notte surreale, ha tentato in ogni modo di convincerci di non essere l'assassino, contraddicendosi continuamente e inalberandosi ogni volta che qualcuno di noi osava mettere in dubbio le sue teorie.

– Avete tentato di estorcergli la confessione di colpevolezza?

– Non me la sono sentita, padre – disse l'uomo, lisciandosi i baffoni. – In quanto confratello più anziano, mi sono reso conto che avremmo dovuto usare la violenza per fargli ammettere le proprie colpe e ho preferito desistere. Tocca a voi, ora, provare ad ottenere qualcosa, ma non ho molte speranze. Ho come la sensazione che queste pene non servano più a molto: chi sa di dover morire sembra non avere più interesse a volersi redimere; chi è consapevole di andare incontro alla morte sa di avere ormai perso e di non avere più buoni motivi per guadagnarsi la salvezza eterna. Chissà, io poi spero sempre di sbagliarmi: magari ai piedi della forca rinsavirà e scoppierà in lacrime chiedendo perdono.

– Lasciateci soli, per cortesia.

I confratelli uscirono dal confortatorio, dove rimasero il sacerdote e il boia, che iniziarono a recitare la tradizionale preghiera attraverso la quale il carnefice domandava perdono al condannato per ciò che sarebbe stato costretto a compiere di lì a poco. Il Malaspina, con le mani legate, li osservava con sguardo sprezzante.

– Fratello mio, pensate che suoni soavi, che profumi inebrianti e che vista meravigliosa devono esserci nell'aldilà. Ma solo chi ha l'animo puro, liberato dal peso ingombrante del male commesso, potrà gioire delle meraviglie del paradiso. Pentitevi, e ne otterrete in cambio la salvezza eterna.

Pipòn osservava il sacerdote con un'espressione buffa, come se potesse scoppiare a ridere di lì a poco. Non rispose e dirottò il proprio sguardo a terra.

– I confratelli mi hanno detto di essere stati buoni con voi, nella notte appena trascorsa, concedendovi di bere vino e fumare sigarette, nonostante da parte vostra non sia giunta alcuna confessione di colpevolezza. Sapete, questa non è la regola, o perlomeno non lo è stata fino ad oggi, poi di ciò che accadrà domani non possiamo aver certezza. Magari le condanne a morte saranno abolite, come pare di capire.

Un velo di preoccupazione attraversò il volto spigoloso del boia, rendendolo per pochi secondi più umano.

Il sacerdote allargò le braccia e continuò con tono compassionevole.

– Vedete, fratello Malaspina, voi vi fingete un uomo forte rifiutando di confessare a Dio le vostre colpe, ma il primo a cui mentite siete voi stesso. Avete sempre vissuto una vita al limite, sul confine tra ciò che è giusto e ciò che è sbagliato, spesso questo limite l'avete oltrepassato, ma non avete mai avuto l'umiltà di domandare perdono. Ora che siete stato consegnato alla giustizia la pagherete cara, forse molto cara, se pensate che rischierete di essere uno degli ultimi condannati alla forca del Regno d'Italia. Probabilmente un po' più di fede vi avrebbe evitato una triste fine come quella che vi aspetta. Ma sono scelte, capisco anche questo.

Il Malaspina nemmeno sollevò il capo.

– Si è fatta l'ora, Padre. – tuonò il boia – Fate quello che dovete ancora fare, la piazza ci attende.

– Avete mentito per tutta la notte. Non meritereste altro, a causa della vostra totale assenza di collaborazione. Sicuramente non meritate di ricevere la comunione, ma avete comunque diritto all'ultima minestra, quella del condannato. Posso farvela portare?

Pipòn annuì e il boia uscì dalla stanza visibilmente contrariato, perché tale richiesta imponeva necessariamente un ritardo al suo lavoro. Ritornò poco dopo, con una scodella di minestra fumante, che appoggiò sul tavolo davanti al quale era seduto l'oste con una tal foga da rovesciarne molta sul pavimento della stanza.

– La voglio condita col formaggio – fece notare il Malaspina.

– Guardate che qui non siamo all'osteria!

– fece ruvido il boia.

– Le regole qui le decido io – rispose l'oste, con tono indisponente.

Il boia con una violenta manata lanciò la scodella contro il muro, mandandola in mille pezzi: il rumore fu così forte che i confratelli usciti dalla stanza si affacciarono per accertarsi che non fosse accaduto nulla.

– Forza, in piedi. Ho perso anche troppo tempo dietro a questo assassino – disse il boia risoluto. Gli legò nuovamente le mani, che erano state liberate per consentirgli di mangiare la minestra del condannato, questa volta però con molta più forza di prima, tanto che *Pipòn* fece appena in tempo a tradire una smorfia di dolore sul volto, prima che un cappuccio nero glielo nascondesse.

Il sacerdote, scuotendo il capo, uscì dalla stanza raggiungendo i confratelli, che dialogavano con il Padre Priore nel buio del corridoio.

– Niente da fare – disse rassegnato. – Il demonio non è così semplice da sconfiggere.

17
La forca

La forca era stata eretta il giorno precedente, finendo inevitabilmente per attirare le attenzioni di tutti i curiosi. I buchi dove storicamente, nella piazza Maggiore di Alessandria, venivano piantati i due pali verticali si erano quasi chiusi per colpa dell'erba che aveva ripreso a crescere al loro interno: d'altra parte, l'ultima esecuzione risaliva ad almeno un paio d'anni prima e da quel giorno in poi sembrava quasi che il mondo stesse cambiando, avviandosi verso una inaspettata civiltà.

Era quello il motivo che aveva spinto così tante persone a riempire la piazza, la mattina del 28 maggio 1864: la possibilità di tornare ad assistere ad un crudele spettacolo che nei ricordi della gente iniziava ormai a sbiadire.

Le due scale, quella corta per il condannato e quella lunga per il suo carnefice, erano state appoggiate poco prima al palo orizzontale della forca dai due tirapiedi, gli aiutanti del boia. Dalla parte opposta della piazza, intanto, al rintocco sordo della campana della Cattedrale, il ragazzo attendeva con il crocifisso ben levato in aria che il condannato, scortato dalla combriccola composta da boia, sacerdote, Padre Priore e confratelli, lo raggiungesse per iniziare il lento avvicinamento al patibolo. Gli inserti dorati del Cristo brillavano sotto i primi raggi del sole e accecavano a turno qualcuno tra la folla.

Il giovane confratello, attraverso i piccoli fori del cappuccio, osservava la piazza e sentiva tutti gli occhi su di sé: provò una specie di eccitazione che, per un istante, gli regalò una effimera, quanto soddisfacente, sensazione di potere e di benessere.

Quando gli uomini della Guardia Nazionale iniziarono a costruire il varco tra la folla che sarebbe servito per raggiungere il patibolo, il ragazzo comprese che era giunto il momento di iniziare la solenne cerimonia e si avviò con passo lento puntando dritto verso la via che gli si stava aprendo davanti. La piazza, che fino a quel momento era rimasta in religioso silenzio, sembrò attendere quel suo movimento per ricominciare a sbuffare e vomitare odio.

Mentre camminava, pur sforzandosi di rimanere concentrato sulle preghiere che udiva appena provenire dal sacerdote e dai confratelli che lo seguivano, non riuscì a non farsi travolgere dalla marea di insulti che raggiungeva il picco al suo passaggio. Gli occhi del popolo erano colmi di rabbia e nonostante il varco fosse sufficientemente largo da consentire tranquillamente il passaggio della comitiva, il peso di quelle offese si poteva percepire addosso.

Avrebbe voluto voltarsi per guardare gli ultimi passi del condannato, ma il rigido cerimoniale glielo impediva. Chissà se sotto a quel cappuccio avrebbe ancora avuto lo stesso atteggiamento sbruffone della notte o se invece avrebbe iniziato ad avvertire l'ingombrante sensazione di morte che di lì a poco lo avrebbe portato via? Probabilmente, convinto com'era di poter plagiare tutto e tutti, avrebbe creduto fino all'ultimo di potersi giustificare dinnanzi a una piazza inferocita. Bastava pensare a come sembrava tranquillo quella stessa notte, quando già sapeva che l'indomani sarebbe andato a morire e, indomito, continuava a mentire.

Il sacerdote, alle sue spalle, procedeva con gli occhi fissi nel vuoto e recitava il *Miserere* con distacco, seguito dal Padre Priore che portava con sé l'acqua benedetta. Dietro di loro, gli altri due confratelli che avevano passato la notte con l'oste, accompagnavano *Pipòn* che procedeva con mani e braccia legate e il volto nascosto da un cappuccio per evitare che i suoi occhi potessero incrociare lo sguardo di qualcuno tra il pubblico.

– Alla forca! Alla forca! – gridavano all'unisono nella piazza, tra cui si confondevano tante persone che con il condannato condividevano le origini e che erano venute fin lì per accertarsi che la sua disgraziata vita fosse effettivamente giunta al termine.

Udendo quelle voci rancorose vomitargli addosso tutto l'odio che avevano in corpo, *Pipòn* provò per un istante paura, nel buio del cappuccio, di venire abbandonato in balìa di quelle bestie che non avrebbero esitato un solo istante a finirlo con le proprie mani. Per questo, mentre camminava spinto dai due confratelli, i pensieri si susseguivano così veloci nella sua mente da impedirgli di rendersi conto di essere ormai a pochi passi dalla forca.

Raggiunto il patibolo, concluso l'interminabile attraversamento della piazza, i confratelli si inginocchiarono a pregare, mentre l'oste veniva condotto ai piedi della scala dal boia, dove già si trovavano i due tirapiedi.

Mentre il rappresentante della giustizia dava lettura della sentenza di condanna, il boia levò con rabbia il cappuccio dalla testa del condannato e il sacerdote gli si avvicinò per un'ultima volta porgendogli il crocifisso da baciare: era il momento decisivo, quello che avrebbe potuto garantirgli la salvezza eterna ma l'oste, anziché rimanere immobile come il sacerdote si sarebbe ottimisticamente aspettato, sputò verso di lui.

Le prime pietre arrivarono violente, scagliate in direzione della forca. Fu così che il boia, anche per evitare che la folla si inferocisse oltremodo per il suo comportamento oltraggioso, accelerò la procedura, spingendo di peso *Pipòn* su per la scala più corta.

Il giovane confratello che raccoglieva l'elemosina nella piazza si voltò verso il patibolo, udendo tutto quel trambusto tra la folla, e comprese che il Malaspina doveva averne combinata un'altra delle sue, come del resto si aspettava.

Poco più di un anno prima, salendo una scala identica a quella, l'oste si era salvato grazie al figlio Angelo, che lo aveva trascinato a terra accorgendosi che portava, sotto alle scarpe, le prove indelebili del crimine commesso. Oggi il figlio non c'era, perché stava scontando la sua condanna ai lavori forzati: questa volta, più nessuno l'avrebbe potuto salvare. Nemmeno quei suoi benestanti compaesani che pur ci avevano, ancora una volta, provato: quei pochi metri che separavano il cascinale di Cà di Monte dal confine tra il Circondario di Tortona e quello di Bobbio erano stati più che mai decisivi.

Teneva gli occhi bassi, forse in preda al dolore che la corda stretta alle braccia e ai polsi gli procurava. Provò istintivamente a liberarsi, mentre sentiva le mani dei tirapiedi affannarsi per stringere i lacci attorno alle sue caviglie: non riuscendoci, cercò di mascherare il dolore digrignando i denti.

Lanciò un'occhiata impaurita alla piazza

attraverso il cappio che lo attendeva, e un istante dopo lo sentì scivolargli attorno alla gola, con la corda ruvida che gli graffiava la pelle. Gli venne istintivo provare a gridare in un ultimo, disperato, tentativo di salvarsi, ma come nel peggiore degli incubi la voce non gli uscì. Scacciò la paura scuotendo il capo ormai avvolto dal cappio, come per ridestarsi, temendo di essere già morto.

Ebbe ancora la forza di sollevare gli occhi per un istante, cercando qualche volto conosciuto tra la folla come a minacciare che gliel'avrebbe fatta pagare, ma riuscì a vedere solo ombre sbiadite. Tra gli insulti che si aggrovigliavano fino a diventare incomprensibili, gli parve però di udire qualcuno gridare nel suo dialetto.

– *Tel là, Pipìn ad Bugnàsi!*

Serrò la bocca in una smorfia di sconfitta e provò ad immaginarsi l'attimo letale.

– La voce del popolo – fece in tempo a pensare, tra sé e sé, tirando un lungo respiro.

15 aprile

Questi mesi sono volati. Ho iniziato a scrivere a Caldirola, davanti alla fiamma della stufa, in giornate così corte che non sembravano nemmeno iniziare ed è già arrivata la primavera.

Ho impiegato questi mesi per rileggere svariate volte lo straordinario documento del Prof. Bonavoglia, da cui trae ispirazione questo libro, nel tentativo di rimanere il più possibile fedele alla vicenda reale; ho camminato sui sentieri percorsi oltre 150 anni prima dai protagonisti della vicenda, cercando scorciatoie e ruderi per descrivere i luoghi nella maniera più meticolosa.

Probabilmente, se avessi terminato qualche settimana prima, il finale sarebbe stato diverso, forse più scontato. Invece, dopo l'ennesima rilettura, approfittando di quello che mi sembrava un "buco" nella vicenda processuale, si è fatta strada l'idea di virare verso un finale sorprendente.

Pipòn, giustiziato all'esito di un processo indiziario e forse lacunoso, sarà ricordato come uno dei più spietati assassini delle nostre valli.

Ma quanto accaduto la sera del 27 marzo 1863 a Cà di Monte, rimarrà per sempre avvolto dalla nebbia del mistero.

Nota dell'autore

Tratto da una libera reinterpretazione
del volume di Giuseppe Bonavoglia
"L'ultima trista impresa di Pippone di Varzi"
(ed. Comunità Montana Valli Curone,
Grue Ossona – Centro di Documentazione;
Amministrazione Provinciale di Alessandria,
Assessorato alla Montagna, 1989).
I fatti narrati nel libro sono frutto della fantasia
dell'autore; ogni riferimento a persone
realmente esistenti è puramente casuale.

Ringraziamenti

Giuseppe e Andrea Siciliano, per
avermi fatto conoscere questa vicenda;
Lorenzo Forlino, per i preziosi consigli;
Ilaria Lovotti, per la foto di copertina.

Dallo stesso autore

I villaggi di pietra - Alla scoperta di un mondo antico
(2014, guida, pp.186);

Il paese silenzioso - Liberamente ispirato alla tragedia
di Renèusi
(2015, romanzo, pp.180, ISBN 9781320548540);

Vite sommerse - La battaglia dell'acqua
(2016, romanzo, pp.136, ISBN 9781367650121);

A un passo dalla vetta - Volume I
(2017, guida, pp.298, ISBN 9791220003230);

A un passo dalla vetta - Volume II
(2018, guida, pp.322, ISBN 9791220029032).

Per maggiori informazioni:

aunpassodallavetta.wixsite.com/trekking

@aunpassodallavetta

@aunpassodallavetta

LA ZAPPA E LA FORCA
Indice

9 780368 650352